KB043030

저

어리석은 자에게도 각광을! 5

새하얀 용과의 맹약

이 멋진 세계에 축복을! 엑스트라

CONTENTS

이 멋진 세계에 축복을!
엑스트라

저 어리석은 자에게도 각광을! 5
새하얀 용과의 맹약

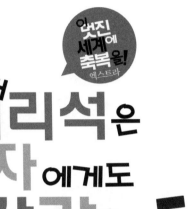

이 멋진 세계에 축복을! 엑스트라

어리석은 자에게도 각광을! 5

새하얀 용과의 맹약

히루쿠마 지음
유우키 하구레 일러스트
이승원 옮김

Character

린

직업 **위저드**
더스트의 파티 멤버. 툭하면
문제를 일으키는 더스트의
보호자 취급을 당하고 있다.

더스트

직업 **전사**
액셀 마을에서는 꽤 이름이
알려진 모험가 같다. 그에
관한 묘한 소문도 돌지만
진상을 아는 이는 없다.

융융

직업 **아크 위저드**
마법사로서의 실력은 대단
하지만 항상 솔로로 활동
한다.

**로리
서큐버스**

직업 **점원**
남성 모험가들에게 끝내주는
꿈을 제공하는 서큐버스 가게
의 점원. 성격상 남에게 잘
휘둘리는 편이다.

아쿠아
직업
아크 프리스트

메구밍
직업
아크 위저드

다크니스
직업
크루세이더

제1장 저 이야기의 이면을

1

카지노 대국 엘로드에서 무사히 돌아온 나는 길드의 술집에서 소지금을 확인하고 있었다.

이런저런 성가신 일에 휘말리기는 했지만 레비 왕자에게서 받은 위자료 덕분에 지갑이 오랜만에 두둑했다.

"이거, 한동안 놀아재낄 수 있겠네. 우선 엘로드에서 받은 스트레스를 풀 겸, 서큐버스 언니들을 만나러 가볼까?"

가슴이 절벽인 여자들과 여행을 한 걸로 모자라 감옥에 갇히면서 오랫동안 금욕생활을 한 바람에 내 욕구는 거의 한계치에 도달해 있었다. 지금이라면 서큐버스 가게의 빚도 다 갚을 수 있을 테니 정말 끝내주는 꿈을 즐길 수 있을 것이다.

그 가게는 꿈만이 아니라 분위기도 최고거든. 속옷이나 다름없는 에로틱한 옷을 입은 서큐버스를 보기만 해도 여행의 피로가 싹 날아가 버릴 거야.

"되게 기분 나쁘게 실실거리네. 엘로드에서도 탈탈 털린 것 같았는데, 의외로 꽤 남았나 봐?"

내가 속한 파티의 홍일점인 마법사, 린이 내 돈주머니를 들여다보고 있었다.

린 외에도 동료가 두 명 더 있지만 오늘은 술집에 없는 것 같았다.

나는 린에게 자랑하듯 돈이 든 주머니를 들어보였다.

이렇게 위자료를 받은 데는 이유가 있었다.

『도박으로 부를 축적한 엘로드의 왕자님이 도박에 엄청 약한 모험가에게 완패한 게 이 나라에 알려졌다간 체면이 손상될걸? 어이쿠, 착각하지는 마. 왕자님을 협박하려는 건 아니라고. 하지만 싸구려 술에 취해 자랑삼아 그런 소리를 늘어놓지는 않을지 걱정되네. 요즘 주머니 사정이 별로거든~. 어디 사는 친절한 왕자님이 온정을 좀 베풀어주시지 않으려나~.』

내가 이렇게 이야기했더니 레비 왕자는 부들부들 떨면서도 쾌히 거금을 내놨다.

"내 멋진 교섭술의 결과야."

"그건 교섭이 아니라 협박이거든? 한 나라의 왕자를 협박해? 진짜 믿기지가 않네."

"너무 걱정하지 말라고. 카즈마의 절친이라는 걸 강조해뒀으니까, 괜한 짓을 할 엄두도 못 낼 거야."

아이리스에게 푹 반해버린 그 왕자님은 카즈마를 눈엣가시로 여겼다.

그러니 그런 말을 해두면 모든 원망은 카즈마에게 향할 것이다. 그렇게 되면 내 신변은 일단 안전하리라.

"카즈마한테 들켜서 혼나도 나는 몰라. 하지만 거금이 들어왔으니 일단 다행이네."

"그래. 이걸로 한동안은 실컷 사치를 부릴 수 있겠어."

"무슨 소리를 하는 거야? 이 돈은 전부 레인 씨에게 넘겨 줄 거야. 퀘스트 실패의 배상금과 용차(龍車)의 장기 대여료로 아마 전부 날아가 버릴 걸?"

린은 거금이 든 주머니를 채갔다.

"……뭐어엇?! 잠깐만 있어봐! 그럼 무보수 노동을 한 거나 다름없잖아! 그리고 나는 배상금이나 용차 대여료 같은 이야기를 들은 적 없다고!"

"네가 귀찮은 교섭을 테일러에게 전부 맡겨버렸을 뿐이잖아. 그리고 일이 이렇게 된 건 전부 네 탓이거든? 의뢰를 완수하지 못한 것도, 용차를 돌려주지 못한 것도, 감옥에 갇혔던 누구누구 씨 탓이야. 자, 불만 있으면 어디 말해 봐."

반론을 허락하지 않는 날카로운 안광이 나를 꿰뚫었다.

전부 사실이라서 적당한 변명이 생각나지 않는다.

"……없습니닷!"

양손으로 내 전 재산을 든 린이 의기양양한 표정을 하고 멀어져갔다.

젠장! 또 평소처럼 가난뱅이 생활을 하게 됐잖아!

2

그렇게 발끈했던 날로부터 꽤 시간이 흘렀다.

액셀 마을은 여전히 시끌벅적했고, 카즈마가 왕도에서 좀 처럼 돌아오지 않는다 싶더니 폭렬걸의 여동생이 액셀 마을에 오기도 했지.

그 외에도 다크니스의 숨겨둔 자식 소동도 벌어지는 등, 매일같이 시끌벅적해서 질릴 겨를이 없었다.

"옛날의 나는 상상도 못했던 일상이네."

나는 길드 술집에서 물을 마시며 중얼거렸다.

"분위기 좀 잡지 말아줄래? 하나도 안 어울리거든? 또 돈 없는 거지? 아까 웨이트리스가 투덜댔어. 다음에 또 물을 시키면 소금물을 줄 거래."

"마침 잘 됐네. 염분도 부족하거든."

"더스트. 적당히 하지그래? 안 그랬다간 네 물에 독을 탈지도 몰라."

린 혼자인 줄 알았더니 테일러도 있었나.

"더스트라면 독을 먹어도 배탈 좀 나고 말걸?"

키스가 그런 무례한 소리를 하며 내 옆자리에 앉았다.

혼자서 우아한 시간을 만끽하고 있었는데 동료들 전원이 이 자리에 모였다.

"배탈이 나면 길드에 위자료를 듬뿍 청구해야지."

"진짜 악랄한 쓰레기네. 뭐, 하루 이틀 일도 아니지만 말이야. 하아~."

들으라는 듯이 그렇게 큰 소리로 한숨 쉬지 말라고.

"세상일이라는 건 돈만 있으면 어떻게든 돼. 그러니까 돈좀 빌려줘."

"저기, 저금이나 절약이라는 말을 알긴 해?"

린은 상냥한 목소리로 그렇게 말했지만 눈은 전혀 웃고 있지 않았다.

"말은 알고 있지만, 의미는 모른다고!"

"이, 이 녀석, 저딴 소리를 으스대면서 늘어놓네. 미안한척도 안 하는 거야."

"뻔뻔함의 레벨이 상상을 초월하는군. 저렇게는 되고 싶지 않아."

린 이외의 두 사람이 뭐라고 떠들어댔다. 뭐, 테일러는 그렇다 쳐도 키스한테는 그런 소리를 듣고 싶지 않다고.

저 녀석은 나보다 운이 좋지만 평소 행실은 오십보백보거든.

"잘 들어. 내가 쓰레기 같아 보이는 건 돈이 없기 때문이야. 돈만 있으면 몸도 마음도 풍족해져서 평온하고 행복한 삶을 살 수 있지. 가진 자는 싸우지 않는다는 말도 있잖아? 그러니까 돈 좀 빌려줘."

"싫어. 열심히 일해서 돈 벌 생각은 없어?"

"당연하지! 나는 고생 안 하면서 편하게 돈을 벌고 싶어! 편하게 한몫 잡을 수 있거나, 혹은 어마어마한 거금을 손에 넣을 수 있거나, 그 양쪽 다가 아니면 안 해! 절대로 안 할 거라고!"

내가 그렇게 외친 순간이었다.

『긴급 퀘스트! 긴급 퀘스트! 마을 안에 있는 모험가 여러분은 서둘러 모험가 길드에 모여 주십시오!』

길드 안팎에서 그런 목소리가 들려왔다.

이것은 모험가 길드의 카운터를 맡고 있는 루나의 안내방송이었다.

길드의 카운터 너머를 쳐다보니, 루나가 마을 전체에 목소리를 전할 수 있는 마도구를 손에 들고 있었다.

"긴급 퀘스트 안내방송은 오랜만이네. 이번에는 무슨 일일까?"

"양배추 수확 시기는 아니잖아. 마왕군 간부 출몰 같은 성가신 일이 아니면 좋겠는데……."

"하지만 테일러. 양배추 말고 일부러 긴급 퀘스트를 발주할 만한 일이 있긴 해?"

팔짱을 낀 테일러가 생각을 하며 나를 쳐다봤지만 나도 딱히 아는 건 없다고.

내가 어깨를 으쓱한 순간, 또 안내방송이 들려왔다.

『다시 한 번 말씀드립니다. 마을 안에 있는 모험가 여러분은 서둘러 모험가 길드에 모여 주십시오! ……모험가 여러분!!』

숨조차 쉬지 않으며 말을 하던 루나는 이 타이밍에 크게 숨을 들이마시더니—.

『보물섬입니다!!』

—라고 외쳤다. 그 말을 들은 순간, 우리를 포함한 길드 안의 모험가들이 벌떡 일어서서 카운터를 향해 뛰어갔다.

"잠깐만, 밀지 마! 저쪽으로 가란 말이야!"

"누가 팔꿈치로 친 거야?! 어이, 엉덩이 움켜쥐지 마!"

"비켜, 내가 먼저라고!"

이미 여러 모험가가 몰려들어서 몸싸움을 벌이고 있지만 질 수야 없지!

"배낭, 곡괭이, 헬멧은 인원수만큼 충분히 준비되어 있으니 다투지 마세요!"

나는 다른 모험가들을 밀어젖히면서 필사적으로 손을 뻗었다.

길드 측에서 준비한 도구를 어찌어찌 손에 넣은 후, 나는 동료들과 함께 길드에서 뛰쳐나갔다. 주위에는 우리와 같은 행색을 한 모험가들 수십 명이 전속력으로 뛰고 있었다.

우리도 질 수야 없지!

"그 보물섬이 나타난 거냐! 완전 최고네!"

"소문은 들었지만 보물섬을 이렇게 보게 되다니……. 10년에 한 번 정도의 확률로 신수(神獸)인 현무가 거대한 등딱지를 햇빛에 말리려고 지상에 나온다며? 설마 액셀 마을 근처에 나타날 줄은 생각도 못했어."

"천재일우의 찬스야. 이 기회를 놓칠 수는 없지! 주어진 시간은 해질녘까지야. 그때가 지나면 현무는 다시 땅속 깊이 들어가 버린다더군."

"자, 왕창 벌어보자고! 신수라는 건 큼지막한 거북이지? 밧줄을 거는 건 나한테 맡겨. 가장 적당한 장소에 화살을 꽂아주겠어!"

이럴 때는 키스가 정말 믿음직했다. 《천리안》과 《저격》 스킬이 지녔으니 끝내주는 장소를 선점할 수 있을 것이다.

보물섬이란 건 린이 아까 말했다시피 신수 현무를 말한다. 거대한 거북이 모양이고 평소에는 땅속에서 생활하지만 10년에 한 번만 지상에 나타난다. 진귀한 광석을 먹이로 삼으며 그 등딱지에는 희소한 광석이 대량으로 달려 있다.

그래서 보물섬이라 불린다.

모험가들은 현무 본체가 아니라, 등에 붙은 광석을 손에 넣기 위해 보물섬을 향해 미친 듯이 뛰어가고 있는 것이다.

"…………우와, 소문은 들었지만 장난이 아니네."

거대한 거북이라는 건 알고 있었지만 이렇게 클 줄은 몰랐다.

보물섬이 마을 입구 근처에서 놀라울 정도로 거대한 몸을 드러내고 있었다.

조그마한 산이라고 해도 과언이 아닐 만큼 거대한 등딱지의 표면에는 광석이 잔뜩 들러붙어 있었다.

눈을 감은 채 발을 쭉 뻗으며 엎드린 모습은 느긋하게 쉬고 있는 것처럼 보였다. 우리한테는 전혀 관심이 없는 것 같았다.

나는 예상 이상의 박력에 무심코 걸음을 멈추며 숨을 삼켰다.

보물섬은 거대할 뿐만 아니라, 그 존재 자체에서 엄숙한 무언가가 느껴졌다. 신수라 불리는 것도 납득이 됐다.

"어이쿠, 얼이 나가있을 때가 아니지. 키스, 부탁해!"

"좋아, 나한테 맡기라고! 저 근처가 적당할 것 같네."

키스는 촉이 갈고리인 화살에 밧줄을 달더니 보물섬의 꼭대기 쪽을 향해 쐈다.

그리고 밧줄을 당겨서 갈고리가 제대로 걸렸다는 것을 확인한 후, 우리는 단숨에 올라갔다.

"비켜라, 비켜~! 이 몸께서 지나가신다!"

나는 양질의 광석이 있을 법한 장소를 재빨리 선점한 뒤 동료들을 향해 손짓을 했다.

아래편에서 귀에 익은 목소리가 들린다 싶어 쳐다보니 한참 떨어진 곳에 있는 카즈마 일행이 보였다. 바닐 나리와 위즈도 있었다.

우리 몫이 사라지기 전에 서둘러 파야겠다.

"이 자식들아, 죽을힘을 다해 캐! 이런 기회는 두 번 다시 찾아오지 않아! 주위에 있는 녀석들은 전부 적이라고 생각하라고!"

"말 안 해도 알아!"

린조차도 눈빛이 변한 채 곡괭이를 휘두르고 있었다.

저렇게 흥분을 하는 건, 광석 덩어리를 깰 때마다 보석처럼 찬란히 빛나는 파편이 흩날리기 때문이리라. 여자는 반짝이는 것에 약하다니까. ……이 경우에는 남자도 마찬가지인가!

그건 그렇고 소문으로 듣기는 했지만 진짜 엄청난 양의 광석을 채굴할 수 있을 것 같았다. 이거, 해가 질 때까지 캐고 캐고 또 캐는 수밖에 없겠는걸!

주위에 있는 다른 녀석들도 우리와 마찬가지로 필사적으로 곡괭이질을 하고 있으나 이곳에 있는 이들은 전부 모험가다.

간단히 돈을 벌 수 있으니 마을 주민들도 참가할 것 같지만 그러지 않는 이유가 있다.

"아앗, 젠장! 짝퉁 광석을 캤잖아!"

비명과 웅성거리는 목소리가 들리는 쪽을 쳐다보니, 근처에 있는 모험가가 커다란 문어 같은 생물에게 둘러싸여 있었다.

짝퉁 광석은 그 이름대로 광석으로 위장하고 있다가 습격을 하는 성가신 몬스터다.

이 몬스터 때문에 전투력이 없는 주민은 보물섬에서 채굴을 할 수 없는 것이다.

"더스트, 부탁이야! 도와줘!"

아는 사이인 모험가가 나에게 도움을 청했다.

저 녀석에게 해줄 말은 하나뿐이다.

"멍청아! 너는 그렇게 약한 녀석이 아니잖아! 네 실력이라면 전부 쓰러뜨릴 수 있을 거라고 믿어! 힘내! 할 수 있다고! 만일 네가 당한다면 내가 네 자리에서 채굴을 할 테니까 마음 푹 놓고 성불해."

"인마, 나를 버리는 거냐?! 내가 당하면 자기 몫이 늘어날 거라고 생각하는 거지?!"

저 녀석, 왜 그렇게 당연한 소리를 쓸데없이 늘어놓는 걸까.

"여기는 전장이야. 실력이 없으면 떠나야 한다고! 약자는 빨리 꼬리 말고 도망쳐. 내가 손에 넣은 최고급 광석을 병문안 삼아 찾아가서 보여줄 테니까, 눈물을 줄줄 흘리며 기뻐하라고!"

"네가 탈락해서 인원이 줄면, 그만큼 우리 몫이 늘어난다고! 도와줄 이유가 없어! 몬스터한테 가세하지 않는 걸 고맙게 여겨!"

욕심에 눈이 먼 키스도 내 뒤를 이어 한 마디 했다.

지금은 1분 1초가 아깝다. 눈앞에 보물이 산더미처럼 쌓여있는데 다른 녀석을 신경 쓸 겨를이 어디 있냐고…….

게다가 나는 저 녀석의 실력을 잘 안다.

고전을 하겠지만 지지는 않을 것이다. 도와주지 않으면 쓰러뜨리는 데 그만큼 시간이 걸릴 뿐이다.

"너희는 정말……. 사람 마음이라는 걸 가지고 있긴 해?"

"바보야! 모험가는 위험과 등을 맞대고 살아가잖아! 여기 있는 녀석들 전원은 이미 각오가 되어 있다고. 도와준다는 건 상대를 모욕하는 거나 다름없어. 오예, 큼지막한 마나타이트 발견!"

이것만으로도 이번 달 술값은 확보했다. 남을 신경 쓸 때가 아니야!

"정말……. 잠시 다녀올게."

"내버려둘 수는 없지. 나도 같이 가겠어."

린과 테일러는 짝퉁 광석한테 고전하고 있는 녀석을 도우러갔다.

저 둘은 참 착해빠졌다니깐. 남보다는 우선 눈앞의 이익을 우선하라고.

전투가 시작된 것 같지만 나와 키스는 무시하며 계속 곡괭이질을 했다.

"우오오오오오…… 오오? 더, 더, 더, 더스트?!"

"뭐야, 시끄럽네. 입 놀릴 시간 있으면 손이나 움직여."

"……짜, 짝퉁 광석을, 캐고 말았어."

고개를 들어보니, 우리의 눈앞에 특대 사이즈의 짝퉁 광석이 있었다. 문어발 같은 촉수를 꿈틀거리며 다가왔다.

"린, 테일러, 도와줘! 너희도 보고만 있지 말고 도와달라고!"

나는 주위에 있는 모험가에게 도움을 청했지만 우리 쪽을 힐끔 쳐다보며 「훗」 하고 코웃음 친 뒤 채굴작업을 계속했다.

"모험가의 기본 정신은 상부상조 아냐?! 되게 매정하네!"

키스도 고함을 질렀지만 무시당했다.

린과 테일러는 아까 구해준 녀석과 함께 채굴을 하면서 우리 쪽을 쳐다보지도 않았다.

아까 도움을 청했던 녀석은 가운뎃손가락을 세우고 혀를 내밀기까지 했다!

"우리가 떼돈을 벌어도 너한테는 한턱 안 쏠 거다! 젠장. 키스, 빨리 해치…… 어이, 키스? 어어어이! 이게 무슨 짓이야?!"

키스 자식은 내가 잠시 눈을 뗀 사이에 안전한 장소로 도망쳤다!

"더스트는 할 때 하는 녀석이라고 믿어. ……이걸로 라이벌이 한 명 줄었네. 네 시체는 내가 수습해줄 테니까 안심해!"

"이 자식들, 두고 보자아아아아앗!"

나는 오른손에 검, 왼손에 곡괭이를 들고 짝퉁 광석에게 달려들었다.

그리고 어찌어찌 격퇴한 후 다시 채굴을 시작했다.

동료들과 다른 녀석들에게 해줄 말이라면 산더미처럼 있지만, 예상 이상으로 많은 돈을 번 데다 극도로 지친 탓에 불평을 늘어놓을 힘이 없었다.

결국 숙소를 잡을 기운도 없었던 나는 마구간에 도착하자마자 기절하듯 잠에 빠져들었다.

3

"—인. 저기, 이제 그만 일어나!"

"어, 뭐, 뭔 일인데?!"

귓가에서 들려온 큰 목소리에 놀라서 눈을 떠보니 눈앞에는 낯익은 이가 있었다.

"어머? 너, 언제부터 그런 말투를 쓰게 된 거야? 평소의 딱딱한 말투보다는 훨씬 나아."

"무슨 소리를…… 말씀을 하시는 겁니까. 실례했습니다. 아무래도 잠이 덜 깼었나 봅니다."

왜— 나는 그런 거친 말투를 쓴 걸까.

"드래곤들이 있는 축사에서 자다니, 너답기는 하네."

저 분은 새하얀 이를 반짝이며 즐거운 듯이 웃었다.

"저기, 그 이야기는 들었어?"

"무슨 이야기 말씀이시죠?"

저 미소에 드리워진 그림자는 눈치챘지만 일부러 눈치채지 못한 척을 하고 질문에 질문으로 답했다. 실은 상대방이 하고 싶은 말이 뭔지 이미 알고 있었다.

그리고, 상대방이 나한테서 어떤 말을 듣고 싶어 하는지도⋯⋯.

"흐음, 모르면 됐어. 저기, 언제쯤 되면 나를 드래곤에 태워줄 거야?"

"평생 태워드리지 않을 겁니다. 위험하다고 몇 번이나 말씀드렸지 않습니까."

"흥, 쪼잔하네."

볼을 부풀리며 삐친 반응을 보였지만 그것은 본심이 아니다.

저 분이 진짜로 삐치거나 전력으로 억지를 부릴 때는⋯⋯ 떠올리고 싶지도 않다.

"─님, 그런 단어는 삼가시는 편이 좋을 듯합니다."

"너까지 할아범 같은 소리를 하는 거야? 공식적인 자리에서만 신경 쓰면 될 거 아냐. 나도 때와 장소와 상황은 가린단 말이야."

"그럼 괜찮습니다만⋯⋯."

평소와 마찬가지로 또 이분에게 마음껏 휘둘렸다.

이래 봬도 이 분은 한 나라의─.

"대체 언제까지 잘 거야?"

"당신께서 저를 휘둘러댄 바람에, 어젯밤에는 한숨도⋯⋯ 뭐야, 린이잖아."

오랜만에 그 분의 꿈을 꾼 탓인지 린과 헷갈리고 말았다.

어이없다는 듯이 내 얼굴을 들여다보고 있는 린의 얼굴에는 경악에 찬 표정이 어려 있었다.

"방금 그 기분 나쁜 말투는 뭐야……."

"어때? 나, 기사 흉내 잘 내지? 요즘은 고수입에 생활도 안정적인 기사가 인기 있다는 소리를 들었거든. 그래서 결혼 사기라도 해볼까 하고 연습 중이야. 어라~, 혹시 가슴이 콩닥거리기라도 했어?"

"말도 안 되는 소리 하지 말아줄래? 헛소리 그만하고 빨리 일어나기나 해."

어찌어찌 얼버무렸다.

방금은 위험했다. 완전히 헷갈린 걸 보면 많이 피곤한 걸지도 모른다.

옛날에는 그분의 꿈을 자주 꿨지만 요즘 들어서는 거의 꾸지 않았다. 어쩌면 이제 훌훌 털어버렸거나, 혹은 현재가 너무 즐거워서 과거를 떠올릴 일 자체가 없는 걸까.

"맞다. 융융이 너를 찾고 있었어."

"드문 일도 다 있네. 그 녀석이 사람을 찾기 위해 남에게 말을 걸다니 말이야. 조금은 커뮤니케이션에 익숙해진 걸까?"

"글쎄. 수상한 사람처럼 우리 주위를 어슬렁거리면서 몇 번이나 힐끔힐끔 쳐다봐서 말을 걸어보니, 그렇게 말하지 뭐야."

그건 완전 거동수상자잖아. 이제 슬슬 내 동료들과는 평범하게 이야기를 나누라고……

아까 일로 잠이 완전히 깬 건 다행이지만 융융은 나에게 무슨 볼일이 있는 걸까.

길드에 돌아가 보니 창가 자리에 융융이 앉아 있었다. 안 절부절못하고 주위를 계속 살피고 있었다.

테일러와 키스는 약간 떨어진 자리에서 나를 쳐다보고 있었다. 융융은 나와 단둘이서 이야기를 나누고 싶은 건가?

"그럼 뒷일을 부탁해~."

린이 테일러와 키스가 있는 쪽으로 가자 나는 융융의 맞은편에 앉았다.

"꼭두새벽부터 무슨 볼일이야? 돈이라도 빌려줄까?"

"더스트 씨에게 돈을 빌릴 만큼 갈 데까지 간 건 아니거든요?! 으음, 저기 말이죠. 실은 부탁이 있어요."

융융은 나를 올려다보더니 손가락을 꼬물거리면서 무슨 말을 하려 했다.

아하~, 이제 감이 왔어.

"뭐야, 고백하려고? 미안하지만 너 같은 어린애 상대로는 아무런 느낌도 안 들거든. 한 3년 후에 다시 고백해."

"고, 고백을 왜 해요?! 저한테도 상대를 고를 권리가 있단 말이에요! 『요즘 인간 말종 양아치에게 놀아나고 있다』는 소문이 돌아서, 사람들이 예전보다 저를 더 피한단 말이에요. 어떻게 책임져줄 거죠?!"

"내 알 바 아냐. 그리고 할 이야기가 있는 거 아니었어?

없으면 돌아가겠어. 나는 아침부터 술을 퍼마신다는 중요한 일과를 수행해야 돼."

"그건 일과가 아니잖아요! 정말, 제 이야기 좀 진지하게 들어주세요."

평소의 융융 같으면 좀 더 신랄한 불평을 늘어놨을 텐데, 오늘은 어딘가 좀 이상했다.

융융은 남들 앞에서 거동수상자처럼 행동하지만 나와 단둘이 있을 때는 꽤 스스럼없이 행동했던 것이다. 일단 이야기 정도는 들어보도록 할까.

"실은 더스트 씨한테만은 부탁하고 싶지 않았어요. 하지만 더스트 씨 말고는 이런 부탁을 할 사람이 없거든요. 어쩔 수 없이 부탁할까 해요."

"그렇게 싫으면 딴 녀석을 찾아보라고. ……참, 부탁할 사람이 없다고 했지? 길 잃은 외톨이 홍마족이여, 이야기라면 들어주겠노라. 어디 이 몸께 이야기해 봐라."

"바닐 씨 흉내를 내지 마세요! 더스트 씨의 이런 면을 싫어하는 거라고요!"

너무 놀린 건지 융융은 테이블을 내려치며 불같이 화를 냈다.

아무래도 꽤 심각한 부탁을 하려는 것 같았다.

"미안해, 미안하다고. 이제 이야기를 탈선시키지 않을게. 자, 빨리 본론으로 들어가자고."

"누구 때문에……. 저기, 말이죠. 그게, 으음. 더스트 씨에게…… 하지만 더스트 씨를 데려갔다간, 아빠가 착각을 할지도 몰라……."

사람을 불러놓고 계속 머뭇거리더니 아예 혼잣말을 하기 시작했다.

나는 근처를 지나가던 웨이트리스를 불러 세웠다.

"저기, 거기 누님. 술과 식사거리를 가져다줘. 돈? 이 녀석이 낸대. 융융, 내 말 맞지?"

"어, 예?"

융융은 내 말을 듣고 있지 않았던 건지 대충 맞장구를 쳤다.

"들었지? 팍팍 가져다달라고."

남의 돈으로 배를 채우게 됐다. 지금은 밥값을 낼 돈이 있지만 그래도 공짜밥보다 맛있는 건 없다.

음식과 술이 나와서 먹기 시작하자 고개를 숙이고 있던 융융이 힘차게 고개를 들었다.

"저, 저도 결심했어요! 더스트 씨, 저와 함께 홍마의 마을에 가줬으면 해요!"

"푸핫! 쿨럭, 쿨럭. 술이 기관지로 들어갔어……."

"꺄아아아, 술이! 더러워어어어!"

나는 융융에게 뜻밖의 말을 듣고 무심코 입안의 술을 뿜었다.

"어이어이, 사귀기도 전에 결혼 보고를 하러 가자는 건 너무 서두르는 거 아냐?"

"아, 아, 아니에요! 저한테도 상대를 고를 권리는 있다고요! 그런 게 아니라, 제가 개인적으로 의뢰를 드리는 거예요. 홍마의 마을에 가서, 저와 함께 족장 시련을 치러주세요. 족장이 되고 싶은 홍마족이 2인조를 이뤄서 치러야 하는 시련이 있는데, 그 시련에 같이 참가해주시지 않겠어요? 저는 마법사니까, 지켜줄 사람이 필요해요."

그 긴 말을 단숨에 쏟아낸 융융은 볼을 살짝 붉히더니 겁먹은 표정으로 나를 쳐다보았다.

그래. 그렇게 된 건가.

족장 시련이라는 것이 홍마족과 2인조를 이뤄서 참가하는 것이라면, 동행할 사람은 검사나 전사 같은 전위가 적합할 것이다.

융융의 지인 중에 전위를 맡을 수 있는 상대라면 나뿐이리라.

믿음직한 사나이인 나를 선택한 것은 높이 평가하지만—.

"어엉? 나는 보물섬에서 한몫 잡았으니까 일할 필요가 없다고. 뭐, 글래머 홍마족 누님을 소개해준다면 맡아줄 수도 있거든?"

유감이지만 말이야. 지금은 돈이 있으니까 일할 마음이 안 든다고.

"좀 망설이기라도 하세요! 왜 그렇게 저질스러운 소리를 하는 거예요?"

"저질? 어이, 노동이라는 건 돈을 벌기 위해 하는 거야. 지갑이 두둑한데, 왜 일할 필요가 있냐고."

"치, 친구…… 알고 지내는 여자애가 곤란해 하고 있으니 도와주자는 생각 같은 건 안드나요?!"

"전혀 안 들어! 내 도움을 받고 싶다면, 부자에 미인에 몸매 좋고 쉽게 남자한테 반하는 에로한 누님을 데려오란 말이야!"

"요구가 늘어났어! 이제 됐어요. 다른 사람에게 부탁할 거예요!"

융융은 화난 목소리로 그런 말을 남긴 후 어딘가로 뛰어갔다.

"저 녀석, 왜 저래? 반항기인가?"

"말을 좀 골라서 하는 게 어때? 너무 불쌍해서 차마 볼 수가 없었어."

옆자리에서 이야기를 엿듣고 있던 린이 내 맞은편에 앉았다.

골라서하기는 무슨, 그냥 솔직하게 대꾸했을 뿐이잖아.

"그 녀석도 타이밍이 나빴어. 보물섬이 나타나기 전이었다면 맡아줬겠지만, 지금은 돈이 넘쳐서 일할 필요가 없다고."

"……인선을 잘못했다고 말할 수밖에 없네. 그리고 전위가 필요한 것 같으니 나는 도움이 안 될 거야."

홍마족은 마법의 전문가들이다. 언동과 네이밍센스에 문

제가 있기는 하지만 실력은 누구나 인정할 만한 수준이다.

융융은 홍마족 중에서도 뛰어난 부류에 속한다고 한다. 그런 녀석이 도움을 청하는 것을 보면 그 시련은 꽤나 성가신 것이리라.

"진짜로 도와줄 사람이 한 명도 없다면, 한번 생각해볼 수도 있다고."

"그런 식으로 거절했으니 두 번 다시 찾아오지 않을 거야. 하지만 융융에게, 그런 부탁을 할 사람이 너 말고 있을까……."

나는 린의 말을 듣고 문득 생각했다.

액셀 마을에서 융융이 비교적 자연스럽게 이야기를 나눌 만한 상대는…… 같은 홍마족인 폭렬걸을 빼면, 바닐 나리와 나뿐인가?

그 외에는 카즈마하고도 친했지. 홍마의 마을이 얽힌 문제라면 폭렬걸의 동료이기도 한 카즈마한테 이 이야기가 갈 것이다.

내 절친은 카레기 같은 소리를 듣고 있지만 의외로 사람이 좋다.

융융은 외톨이에 낯가림이 심한 걸 빼면 의외로 정상이다. 그 괴짜 집단에게 둘러싸여 지내는 카즈마에게 있어서는 희소한 상대인 것이다. 게다가 그의 성격이면 저런 부탁을 거절할 수 없으리라.

뭐, 어떻게든 되겠지.

"그래도 네가 거절한 건 좀 의외야."

"그래? 융융은 정상이지만, 정신 나간 폭렬걸 같은 녀석들이 우글거리는 곳이 바로 홍마의 마을이야. 완전 마굴이라고."

홍마족은 눈에 띄는 것을 좋아하는 전투광이라고 한다. 전원이 아크 위저드이고 상급마법을 뻥뻥 써댄다는 것 같았다.

그런 녀석들의 소굴에 일부러 들어가고 싶지는 않았다.

"하지만 홍마족은 이름 센스에 문제가 좀 있어도 미인이 많다고 들었어."

"……잠깐만 있어봐. 방금 뭐라고 했어?"

"그러니까 메구밍과 융융을 보면 알 수 있지만, 홍마족은 하나같이 미남미녀래. 게다가 외부인과 교류를 나눌 일이 적기 때문에 『만남을 갈구하는 여자가 잔뜩 있다』고 일전에 카즈마가 말했던 걸 잊었어?"

그러고 보니 카즈마가 술자리에서 그런 말을 했던 것 같다.

술에 거나하게 취해서 대충 흘려들었는데…… 그러고 보니 그런 말을 했었어.

"어이, 융융은 어디 갔어?! 기쁜 마음으로 동행하겠다고 말해줘야 해!"

"이미 길드를 뛰쳐나갔어. 아쉽게 됐네~."

이, 이 녀석. 뭐가 그렇게 즐거워서 깔깔 웃어대는 거야.

젠장, 아쉬운 짓을 했네. 미인 천지인 홍마족인가~. 그럼 때때로 머리가 이상하고 호전적이며 네이밍센스에 문제가 있는 데다 발언에 문제가 많은 것도 참을 수 있을지 몰라.

사냥감을 놓친 것을 후회하며 창밖을 쳐다보고 있을 때, 폭음이 울려 퍼지면서 거대한 흙먼지가 피어오르는 광경이 눈에 들어왔다.

또 그 문제아가 일과인 폭렬마법을 쓴 거냐.

저 녀석과 동족이라……. 으, 으음~ 역시 홍마의 마을은 됐어.

돈에 여유가 생겼으니 길드의 술집이 아니라 번화가에 있는 단골 선술집에서 한잔하기로 했다.

평소처럼 술을 마시고 있는데 이 가게에선 흔히 볼 수 없는 타입의 남자가 나타났다.

후드가 달린 시꺼먼 로브를 걸친 남자다. 그것만이라면 눈감아줘도 되겠지만 얼굴을 보니 여성처럼 보이기도 하는 중성적인 미남이었다.

옷차림을 보면 평범한 직업을 지닌 이가 아니었다. 아마 모험가일 것이다.

액셀 마을에서 본 적이 없는 얼굴인 것을 보면 신입 모험가일까?

신입 교육은 이 마을 모험가의 간판 격으로 유명한 내 일이나 다름없다. 평소처럼 말도 안 되는 트집을 잡아서 교육료를 뜯어내…… 저 녀석은 카즈마잖아. 뭐하고 있는 거지?

카즈마가 검은색 로브 차림의 미남을 멀찍이서 쳐다보고 있었다.

혹시 아는 사이인가? 그렇다면 교육은 하지 말아야겠는걸.

"─어이, 카즈마. 왜 그래? 아까부터 저 녀석을 계속 쳐다보던데, 혹시 아는 사이야?"

"그게, 아는 사이는 아닌데……."

아닌 거냐. 그럼 내가 무슨 짓을 하든 상관없겠지?

혼자서 술을 마시고 있는 후드 쓴 자식에게 내가 다가가자 상대방이 나를 쳐다보았다.

가까이에서 보면 볼수록 여자가 좋아할 법한 얼굴이라는 생각이 들었다. 이 녀석이라면 헌팅을 안 해도 여자 쪽에서 알아서 다가올 것이다.

……그런 생각이 들어서 갑자기 화가 치솟았다.

"어이, 미남 형씨~. 못 보던 얼굴이네. 나는 더스트라고 해. 이 마을에서 꽤 알려져 있는 사람이지."

"……갑자기 뭐하는 거지? 나한테 볼일이라도 있나?"

이 녀석, 목소리도 미남 보이스잖아. 눈곱만큼도 겁먹지 않네. 약간 세게 협박해볼까.

"내가 이름을 밝혔으니, 너도 이름을 밝히라고. 예의라는 게 뭔지 모르는 거냐? 아앙?"

"…………내 이름은 듀크다. 그럼 다시 묻겠는데, 무슨 볼

일이지?"

표정 한 번 되게 태연하네. 속으로는 눈물 질질 짜면서 허세를 부리고 있는 거야.

자기가 잘난 줄 아는 녀석들의 흔한 반응이지. 조금만 더 밀어붙이면 되겠네.

"너, 못 보던 얼굴인데 신출내기 모험가냐? 아까도 말했다시피, 나는 이 마을에서 꽤 알려져 있는 편이거든. 술 한 잔 사주고 나한테 잘 보여 두면 나중에 꽤 도움이 될 걸?"

"호오, 나를 뜯어먹으려는 거냐? ……확실히 이런 마을에 오기를 잘한 것 같군. 이렇게 재미있는 경험은 흔히 할 수 있는 게 아니니까."

이야, 꽤 건방진 소리를 늘어놓는걸.

당당하게 일어서는데 그런다고 내가 겁먹을 것…… 이, 이 녀석, 뭐야?!

상대방에게서 뿜어져 나온 위압감 때문에 온몸의 털이 곤두섰다.

이 녀석, 힘을 숨기고 있었던 건가. 어마어마한 위압감이다. 웬만한 몬스터는 비교조차 안 되는 괴물 같은 힘의 소유자야!

어, 어쩌지. 이 상황에서 겁먹고 물러설 수는 없어. 이 녀석한테 얕보이는 것도 싫지만 선술집 손님들이 쳐다보고 있잖아.

"훗, 합격이야. 그래. 모험가라면 이래야지. 모험가는 얕보이면 끝장이거든. 나는 신출내기를 보면 이렇게 시험을 해보면서 반응을 살펴. 순순히 돈을 내놓는 얼간이라면 모험가에는 적성이 없으니 고향으로 돌아가라고 설득하지. 그리고 너처럼 근성이 있는 녀석한테는 술을 한 잔 사주는 거야."

"……그래? 꽤 재미있는 짓을 하는군."

듀크는 그렇게 말하고 다시 자리에 앉았다.

세이프!! 좋아아아아, 잘 둘러댔어!

방금 대처는 내가 생각해도 완벽 그 자체야. 배우들도 두 손 두 발 다 들 정도의 연기력이었다고. 이거, 연기로 먹고 사는 것도 괜찮을 것 같네.

점원에게 이 녀석의 술을 주문한 나는 「그럼 이만 실례하겠어」라고 말한 뒤 자연스럽게 그 자리를 벗어났다.

그리고 숨어서 계속 관찰하고 있던 카즈마에게 여유로운 태도를 유지한 채 천천히 다가간 후—

"어이, 카즈마! 저 녀석은 뭐야?! 저렇게 위험한 상대면 미리 말해달라고! 괜히 술값만 날렸잖아!"

내가 그렇게 따지자 카즈마는 어이없어 했다. 하지만 듀크의 실력에 흥미가 있는 것 같았고 내가 마왕군 간부에 필적하는 실력일 거라고 말해주니 갑자기 생각에 잠겼다.

내가 친절히 저 녀석의 실력을 가르쳐줬는데도 무슨 생각인 건지 일부러 그 녀석에게 말을 걸더니 결국 친해진 것 같앉다.

……카즈마는 대체 뭘 하고 싶었던 거지?

4

며칠 후, 또 선술집에 가보니 듀크가 있었다.

얽히지 않는 편이 좋은 상대인 건 틀림없지만 카즈마가 저 녀석에게 흥미를 보였던 것이 신경 쓰였다.

멀찍이서 쳐다보고 있으니 이런 허름한 가게와는 어울리지 않는 드레스를 입은 여자가 나타났다. 꼼꼼하게 화장도 했는데…… 저 녀석, 다크니스 맞지? 한껏 멋을 내고 뭐하는 거야?

듀크의 옆에 앉아서 이야기를 나누는 것 같은데, 괜히 이리저리 생각하는 것보다는 그냥 확 다가가서 직접 물어보는 편이 좋겠지.

"어, 다크니스잖아! 어이, 드레스 차림으로 이런데서 뭐하고 있는 거야? 여기는 귀족 님이 올 만한 가게가 아니라고. 더스티네스 가문의 아가씨~, 기왕 이런데서 마주쳤으니까 술이나 한 잔 사줘!"

다크니스는 내 얼굴을 힐끔 쳐다보더니 진심으로 질색하는 표정을 지었다.

"……어머나, 아무래도 다른 분과 착각하신 것 같군요. 저는—."

"무슨 소리를 하는 거야, 라라티나. 나야 나, 더스트라고! 전에 함께 파티를 짜서 모험을 했었고, 그 외에도 이런저런 일이 있었잖아! 모르는 척 하지 말라고!"

뭐야. 왜 나를 생판 남처럼 대하는 건데?

어, 어이. 왜 내 손을 움켜쥐는 거야? 카즈마가 하도 쌀쌀맞아서 남자에게 굶주렸⋯⋯⋯⋯ 돈을 쥐어주네.

잘은 모르겠지만, 지금은 나를 신경 쓸 여유가 없다는 건가. 어쩔 수 없지. 오늘은 얌전히 물러나 주겠어.

이 돈으로 서큐버스 가게에 가도 되겠지만 카즈마와 연회 프리스트인 아쿠아 누님이 다크니스의 기행을 가게 구석에서 구경하고 있는 모습이 눈에 들어왔기에, 나도 한동안 상황을 살펴보기로 했다.

아무래도 저 남자를 헌팅하려는 것 같았다. 꽤 무리하고 있는 것 같은데, 왜 저러는 거지?

최종적으로 다크니스는 저 남자에게 완전히 무시를 당하며 체면을 구기고 말았다.

카즈마 녀석들이 즐겁게 구경하고 있는 걸 보면 놀이라도 하는 건가? 저 고지식한 미남 형씨를 먼저 헌팅하는 데 성공하는 사람이 승리, 같은 건가 보네.

으음~, 성격에는 문제가 많지만 외모 하나는 끝내주는 다크니스의 유혹이 통하지 않은 것을 보면 듀크의 취향은 정반대일까.

그렇다면 저 녀석을 공략할 수 있을 만한 인재가 내 지인 중에 있었다. 아까 나를 무시한 다크니스에게 제대로 한 방 먹여줘야지.

"그렇게 됐으니까, 협력 좀 해줘."

"싫어요. 알지도 못하는 사람을 유혹할 생각은 눈곱만큼 도 없거든요?"

서큐버스 가게에 대낮부터 찾아간 내가 청소 중이던 로리 서큐버스에게 부탁을 하자, 그 녀석은 이렇게 말했다.

"하아, 너의 매력이라면 그 미남도 간단히 헌팅할 수 있을 거라고 생각했는데. 뭐, 이기지 못할 승부는 안 하는 타입 이구나. 괜한 소리해서 미안해."

"그렇게 저의 자존심을 자극하면 자기 뜻대로 될 거라고 생각하지 말아줄래요?"

어이쿠, 이 녀석도 학습이라는 걸 했나 보네.

평소 같으면 이쯤에서 넘어왔을 텐데, 쓸데없이 지혜가 생 겨가지고……

……그러고 보니, 나는 왜 이 녀석에게 집착하고 있는 거지?

잘 생각해보면 이렇게 발끈하며 열심히 할 일이 아니잖아. 일전에는 술기운에 그런 생각을 했지만 정신을 차리고 보니 아무래도 상관없다는 생각이 들었다.

"뭐, 됐어. 그 미남이 뭘 하고 싶은 건지 조금 신경 쓰이긴 하지만 괜찮아. 그러고 보니 위즈를 아내로 삼고 싶어 한다고 카즈마가 말했던 것 같네."

"그 이야기 좀 자세하게 해보세요!"

뭐, 뭐야. 갑자기 왜 이러는 건데?

그렇게 무시무시한 눈길로 쳐다보지 마. 아까까지의 의욕 없던 태도는 어디 간 거야?

"카즈마의 말을 멀찍이서 들었을 뿐이야. 아무래도, 그 듀크란 녀석은 위즈를 아내로 삼아서 마도구점을 관두게 만들고 싶은가 봐."

"아내로 말인가요?! 결혼 후에 마도구점을 퇴직한다면, 바닐 님 혼자서 그 가게를 운영하게 되겠군요. 그러면 일손이 부족해서 누군가를 고용하겠죠. 그리고 가게의 얼굴마담 삼아 저를 고용하게 되고, 함께 생활하다보니 사랑이 싹트는……. 분명, 그렇게 될 거예요! 필연적으로 그렇게 되어야만 해요!"

"어, 어이. 기분 나쁘니까 혼잣말을 늘어놓지 말라고."

고개를 숙인 채 혼잣말을 늘어놓던 로리 서큐버스가 힘차게 고개를 들었다.

로리 서큐버스는 왜 저렇게 히죽거리고 있는 거지?

"제가 헌팅을 해볼게요!"

"아, 아니, 이제, 다 귀찮아졌는데……."

"아뇨, 하죠! 꼭 하겠어요!"

열의에 찬 표정으로 그렇게 말하는 로리 서큐버스의 박력에 압도당한 나는, 그저 고개를 끄덕일 수밖에 없었다.

나는 그 선술집 앞에서 멍하니 서 있었다.

가게 안을 확인해보니 듀크는 평소와 같은 자리에서 술을 마시고 있었다. 오늘도 혼자인 것 같았다.

"로리 서큐버스는 대체 언제 오는 거야? 그냥 확 돌아가 버릴까?"

"돌아가지 말라고요."

기다리는 것도 귀찮아졌을 즈음, 목소리가 들렸다.

종종걸음으로 다가오는 로리 서큐버스의 복장을 본 나는 눈썹을 찌푸렸다.

"저기, 그 얌전한 느낌의 옷은 뭐야? 네가 저 남자를 유혹하는 거잖아. 확 덮치고 싶어지는 야한 복장을 하는 편이 낫지 않아?"

로리 서큐버스는 평소와 마찬가지로 순박한 마을처녀 같은 복장을 하고 나타났다.

서큐버스 가게에서 입는 노출도 높은 복장을 하는 편이 남자를 공략하기 좋을 텐데 말이다.

"하아, 뭘 모르네요. 저의 조사에 따르면 남자는 화려한 상대보다 얌전해 보이는 상대에게 더 쉽게 말을 건다고요."

"아~, 그렇구나. 확실히 화려한 누님은 헌팅에 익숙할 것 같은 이미지가 있으니까, 술에 취했을 때나 말을 걸 거야."

이 녀석은 의외로 서큐버스로서 꽤 성장한 걸까. 가슴이나 엉덩이에서는 성장의 징조조차 느껴지지 않지만 말이다.

"방금 무례한 생각을 했죠? 아무튼, 후드를 쓴 저 사람이 타깃인가 보네요. 흐음, 상당한 미남이네요. 저런 사람은 자기가 멋지다는 걸 이해하고 폼을 잡고 있는 법이거든요. 그런 점을 칭찬하며 자극해주면, 대화를 원활하게 나눌 수 있어요. 접객의 기본이죠!"

로리 서큐버스는 듀크를 손가락으로 가리키면서 대책을 짰다.

딱히 겁을 먹은 것 같지도 않고 자신만만한 걸 보면 승산이 있는 걸까? 기대해도 좋을 것 같다.

"좋아. 네 실력으로 저 밥맛 미남을 꼬셔보라고."

"어, 무슨 소리를 하는 거예요? 저는 악마지만 오늘만은 전사인 척 할 거예요! 그 두 사람을 이어준 다음, 바닐 님의 파트너 자리를 차지할 계획이죠!"

"자, 잠깐만 있어봐! 이야기가 다르……."

로리 서큐버스는 사람 말을 끝까지 듣지도 않고 가게 안으로 들어갔다.

그리고 상대방의 허락도 받지 않고 듀크의 옆자리에 털썩 앉았다. 저 녀석은 바닐 나리와 얽힌 일에는 정말 적극적이라니깐.

조금 걱정이 된 나는 근처의 빈자리에 앉아서 상황을 살 피기로 했다.

"저기, 멋진 오빠. 저와 잠시 이야기를 나누지 않겠어요?"

오호라, 자신의 로리 요소를 이용해 여동생 캐릭터로 공 략할 생각인 건가.

로리 서큐버스는 상대방을 올려다보며 달콤한 목소리로 그렇게 말했다. 연기의 퀄리티도 꽤 상승했다.

어느새 실력이 많이 늘었잖아. 지금까지 에로에 관해 열띤 토론을 나누며 함께 탐구해온 성과가 나타나기 시작했군.

로리콤이라면 한방에 함락될 시추에이션이지만 상대방의 반응은─.

"네놈은 뭐냐. 그런 꼴로 남자를 유혹…… 너의 이 악취와 기운……. 혹시 하급 악마냐?"

"무, 무, 무슨 소리를 하시고 계신 겁니까?!"

완전히 동요한 건지 말투가 이상해졌잖아.

그건 그렇고, 저 녀석은 대체 뭐지. 서큐버스의 정체를 한 눈에 꿰뚫어봤잖아. 까딱 잘못하면 소동이 일어날지도 모르 겠는걸. 언제든 바로 나설 수 있게 준비해둘까.

나는 의자에서 엉덩이를 약간 떼고 귀에 신경을 집중했다.

"하급 악마가 무슨 짓을 하러 온 거지? 내가 위즈에게 괜 한 짓을 하는 걸 경계한 바닐 님의 명령으로 나를 찾아온 것이냐?!"

자리에서 일어난 듀크의 온몸에서 오라가 뿜어져 나오자, 로리 서큐버스는 그 박력에 압도당한 나머지 부들부들 떨기 시작했다.

"아, 아니에요! 저기, 그런 게 아니란 말이에요. 위즈 씨와 잘 되실 수 있도록 도와드리고 싶어서요. 저, 저는 두 분을 응원하고 있다고요!"

"그 남자와 마찬가지로 내 편에 서겠다는 건가. 재미있는 마을이군."

아무래도 험악한 분위기는 해소된 것 같았다.

듀크는 의자에 다시 앉더니 땅이 꺼져라 한숨을 내쉬었다.

"하지만, 나는 악마와 언데드를 싫어한다. 바닐 님의 지인 같으니 오늘은 눈감아주지. 썩 사라져라."

"그, 그럴게요."

로리 서큐버스가 터벅터벅 걸어 가게 밖으로 나가는 것을 보고 나도 뒤따라갔다.

"더스트 씨, 저 사람은 대체 뭐예요?! 저렇게 위험한 사람이면 미리 말해달라고요! 하마터면 죽을 뻔 했잖아요!"

엉엉 울면서 다가온 로리 서큐버스가 내 가슴을 두드리면서 불평을 늘어놓았다.

이 녀석, 내가 카즈마에게 했던 말과 비슷한 소리를 하네.

"저 녀석은 너희 동포 아냐? 위험한 분위기라면 나도 느끼긴 했는데."

"글쎄요. 바닐 님을 알고 있어서 상급 악마인가 했는데, 악마와 언데드를 싫어한다고 했거든요."

"그냥 위험한 녀석인가? 나리를 알고 있는 걸 보면 나리와 관계된 녀석일까? 어느 쪽이든 간에 더는 얽히지 않는 편이 좋겠네."

위즈와 듀크의 결말이 신경 쓰이지만 성가신 일에 휘말리게 될 것이 불 보듯 뻔했다.

나중에 카즈마와 바닐 나리에게 어떻게 됐는지 물어봐야겠다.

5

며칠 후, 듀크에 관한 걸 까맣게 잊은 내가 마도구점에 가 보니…… 기분이 꽤 좋아 보이는 바닐 나리와 오열 중인 위즈가 있었다.

나리는 책상에 엎드려서 울부짖고 있는 위즈를 내버려둔 채 선반에 있는 물품을 정리하고 있었다.

"우에에에에엥! 이제 싫어요! 더는 무리예요오오오오오. 너무하잖아요오오오오오오!"

무슨 일이 있었던 건지 대충 예상은 되지만 그래도 확실히 하기 위해 물어보기로 할까.

"나리. 위즈가 왜 저렇게 대성통곡을 하는 거야? 혹시 듀크란 미남 자식과 관련이 있는 거야?"

내가 그 이름을 입에 담자 위즈는 온몸을 부르르 떨며 더욱 서럽게 울기 시작했다.

"음. 혼기 놓친 노처녀가 미남한테 사랑받고 있다는 착각에 빠진 끝에 자폭하고 말았을 뿐이다. 매일같이 악감정을 줄줄 흘려대는 건 좋지만, 저 울음소리는 짜증나는구나."

"즉, 프러포즈 받은 줄 알았는데 아니었다는 거야?"

"그 뿐만 아니라, 상대방은 무능 미혼 점주를 해치우러 왔던 거지. 정말 웃기고 무참한 결말이지 않느냐? 네놈한테도 보여주고 싶었을 정도다. 후하하하하핫!"

호쾌하게 웃고 있는 나리의 등 뒤에서 누군가가 몸을 일으켰다.

평소의 상냥하게 미소 짓고 있는 모습만 봐서는 상상도 안 되는, 악귀 같은 표정을 짓고 있는 위즈가 눈에 들어왔다.

"크, 큰일 났네……. 나, 나리. 뒤, 뒤 좀 봐! 추, 추워어어 어엇! 어, 얼겠어, 얼어붙겠다고!"

위즈에게서 혹한의 냉기가 뿜어져 나왔다.

입김이 순식간에 새하얗게 변하더니 너무 추워서 온몸이 떨리기 시작했고, 이빨 또한 시끄러울 정도로 딱딱거리며 맞부딪혔다.

옛날에 유능한 모험가이자 얼음 마녀라 불렸던 위즈, 그리고 끝을 알 수 없는 실력을 지닌 바닐 나리. 이 두 사람이 진짜로 격돌한다면 이 일대는 초토화될 것이다.

"왜 그러지? 아직 냉방이 필요한 계절은 아닌데 말이다. 혹시 괜히 흥분해서 달아오른 몸을 조금이라도 식히려는 거야? 그래도 가게 안의 온도를 낮추지는 말아줬으면 좋겠군. 결혼 축하용으로 구입해뒀던 고급술이 얼어버릴……. 어이쿠, 이건 이제 필요 없었지! 실례했는걸!"

"아무리 바닐 씨라도, 해도 되는 농담과 안 되는 농담이 있어요……."

바닐 나리가 입가의 미소를 일부러 감추고 부추기듯 그렇게 말하자 냉기가 더욱 강렬해지면서 내 몸을 덮쳤다.

진짜로 큰일 났다. 여기에 있다간 틀림없이 죽는다!

부들부들 떨리는 몸을 어찌어찌 움직여 바닥을 기듯 가게 밖으로 굴러나갔다.

등 뒤에서는 울부짖는 목소리와 웃음소리가 들려왔지만 나는 몸의 온도를 따뜻하게 유지하기 위해 노력하며 안전한 곳까지 필사적으로 도망쳤다.

그날 이후로 길드 직원인 루나뿐만 아니라, 위즈 앞에서도 결혼 이야기가 금지됐다.

6

"—저기, 내가 결혼을 한다면 어쩔 거야?"

평소처럼 아끼는 용의 몸을 닦아주고 있을 때 느닷없이 그런 말이 들려왔다.

"공주님. 축사에 오시면 안 된다고 몇 번이나 말씀드렸지 않습니까."

"괜찮잖아. 공주는 딱히 할 일이 없거든."

자유분방한 공주님다운 발언이다.

공식적인 행사가 있을 때를 제외하면 이 분은 항상 제멋대로 행동했다.

성을 빠져 나가서 소동이 일어난 횟수는 셀 마음조차 들지 않을 만큼 많았다. 말괄량이라는 말을 그림으로 표현한다면 분명 눈앞의 공주님과 똑같이 생겼으리라.

"저기, 혹시 무례한 생각을 하고 있는 거 아냐?"

"……당치도 않습니다."

"방금 그 뜸은 뭐야? ……뭐, 됐어. 그것보다 아까 이야기 말인데, 내가 결혼을 한다면 어쩔 거야?"

"아마 결혼식 당일에 경비를 서게 되겠죠."

드래곤나이트니까 상공의 경비를 담당하게 될 것이다.

내 대답이 마음에 들지 않은 건지 공주님은 도끼눈을 뜨고 나를 노려보았다.

"내가 그런 걸 묻는 게 아니라는 건 알고 있잖아! 「사랑하는 공주님께서 사라지신다면 쓸쓸해서 죽어버릴 겁니다!」 같은 센스 넘치는 말을 해주면 안 돼?!"

"사랑하는 공주님께서 사라지신다면 쓸쓸해서 죽어버릴 겁니다."

"왜 책을 읽는 말투인 건데?!"

공주님은 발을 동동 구르며 화냈고 나는 그런 공주님을 달랬다.

나는 난처한 표정을 짓고 있었지만 입가에는 미소가 어려 있었다.

동료들 사이에서 고지식하고 성실하다는 평판인 나와, 제멋대로에 말괄량이인 공주님.

성격이 정반대라서 그런지 공주님은 이렇게 빈번히 찾아와서 말도 안 되는 요구를 할 때가 있었지만, 그저 잡담만 나누고 돌아가기도 했다.

아까 질문에 대한 진심어린 대답은…… 신하로서 입에 담아선 안 된다. 나는 그저 가난한 귀족 가문의 후계자에 불과하니까—.

……또냐. 좀 봐달라고.

마구간의 창문으로 보이는 하늘에는 별이 반짝이고 있었다. 벌써 밤이 된 건가.

마도구점에서 목숨만 겨우 건진 나는 마구간에 도착하자마자 차가워진 몸을 데우려고 짚더미에 뛰어들었고, 그대로 깜빡 잠들어버린 것 같았다.

과거의 빌어먹게 성실했던 나 자신을 보는 것도 괴롭지만 이런 꿈을 계속 꾸다보니 이미 떨쳐냈던 당시의 마음이 되살아날 것만 같았다.

"진지한 전개는 딱 싫다고."

이런 날은 동료들과 시끌벅적하게 떠들어대고 싶었지만 왠지 린을 만나는 게 주저됐다.

"혼자서 한잔 해야겠네."

아는 사람을 만날 일 없는 조그마한 술집에 가서 코가 삐뚤어지도록 술을 퍼마셨다.

꿈을 꾸지도 않을 만큼 술에 거나하게 취하기 위해서…….

7

요즘 들어 액셀 마을은 별다른 소동 없이 평온한 나날이 이어졌다.

보물섬이 나타난 이후로 대부분의 모험가들이 주머니 사정이 좋아져서 얌전해진 것도 그 이유 중 하나지만, 가장 큰 요인은 바로 카즈마 일행이 이 마을에 없기 때문이다.

매일 같이 들려오던 폭렬마법 소리도 없어서 조용했다.

알다프가 행방불명이 된 후로 이 마을의 영주가 된 더스티네스 가문의 여식이면서도 툭하면 문제를 일으키는 라라티나 아가씨도 없다.

밤이 되면 연회용 장기자랑을 선보이며 분위기를 띄우는 아쿠아 누님이 없어서 좀 쓸쓸하지만 조용히 술을 마시며 여자를 헌팅하는 것도 나쁘지는 않다.

유일한 문제는 슬슬 돈이 바닥난다는 점이다.

"보물섬에서 왕창 번 돈이 대체 어디 가버린 거야. 좀 호사스럽게 놀거나, 술을 퍼마시거나, 도박으로 탕진했을 뿐인데……."

그렇게 혼잣말을 늘어놓으며 투덜거리던 나는 평소보다 덜 시끌벅적한 길드 안에서 낯선 여자를 발견했다.

어깨 언저리까지 기른 흑발과 눈 밑의 눈물점이 인상적인 미인이었다.

몸매도 나쁘지 않네. 다크니스나 루나보다는 못하지만 린이 본받았으면 할 정도로 쭉쭉빵빵한 몸매는 충분히 매력적이었다.

하지만 문제는 바로 옷차림이다. 신관복을 연상케 하는 새하얀 로브 차림에 허리에는 메이스를 차고 있었다.

온화한 미소를 짓고 있는 점을 포함해서 이상적인 프리스트 같았다.

몸매도, 얼굴도 합격점이다. 색기가 느껴지는 눈매도 취향이다.

평소 같으면 헌팅을 하겠지만 프리스트와 얽혀서…… 좋았던 추억이 눈곱만큼도 없다고!

내가 만난 프리스트는 하나같이 문제가 있는 녀석들이었다. 저 여자도 겉보기에는 멀쩡해 보이지만 분명 문제가 있는 게 틀림없다. 더는 속지 않을 거라고!

누군가를 찾고 있는 것처럼 보이는 프리스트를 경계하며 쳐다보고 있을 때 길드 밖에서 시끌벅적한 목소리가 들려왔다.

"""하고도 남아."""

"카즈마는 대체 누구 편이죠?!"

저 시끌벅적한 녀석들은 카즈마 일행이 틀림없다.

카즈마를 선두로 해서 길드 안으로 들어온 이들은 액셀의 명물이 된 4인조다.

오늘부터 또 시끌벅적한 나날이 시작될 것 같군.

카운터로 향한 카즈마의 이야기를 몰래 들어보니 아무래도 또 거물 현상범을 해치우고 상금을 받은 것 같았다. 이거, 한잔 얻어 마셔야겠는걸.

카즈마 일행이 평소처럼 시끌벅적하게 떠들고 있을 때, 흰색 신관복 차림의 여자 프리스트가 그들에게 다가갔다.

"저기……. 당신이 사토 카즈마 님인가요……?"

저 녀석, 카즈마를 찾고 있었던 건가?

"당신의 고명은 예전부터 익히 들었습니다. 저는 세레나라고 해요. ……느닷없이 이런 말씀을 드려 죄송하지만, 저를 당신이 속한 파티의 멤버로 삼아주시지 않겠습니까?"

나를 비롯해 이야기를 훔쳐듣고 있던 길드 안의 녀석들이 그 뜻밖의 말을 듣고 침묵에 잠겼다.

저 프리스트가 무슨 소리를 하는 거지?

카즈마 일행이 활약을 해온 건 사실이지만 저 개성 넘치는 파티에 들어가고 싶어 하는 괴짜는 이 마을에 단 한 명도 없다.

우리뿐만 아니라 카즈마 일행도 믿기지 않는다는 표정을 짓고 저 여자가 마왕군의 하수인이 아닌지 의심했다.

특히 아쿠아 누님은 파란 머리카락이 흐트러질 정도로 화를 냈다. 자기 역할을 빼앗기는 것을 경계하는 걸까.

결국 카즈마는 거절했고 세레나란 여자 프리스트는 사라졌다.

저 여자, 영 수상한걸.

소문만 듣고 카즈마 일행의 실력을 착각한 것처럼 보이지만 내 감은 저 여자를 경계하라 말하고 있었다. 한동안은 유심히 살펴보는 편이 좋을 것 같다.

8

다음날. 길드에서 린과 밥을 먹고 있는데 또 세레나가 나타났다.

"저 프리스트 같은 사람, 처음 보는 얼굴이네."

"어제 카즈마 일행에게 동료로 삼아달라고 부탁하더라고."

"……뭐? 농담이지?"

이런 반응을 보이는 게 정상이겠지.

"카즈마는 리더로서 우수하다고 생각하지만, 솔직히 말해 다른 세 사람이 좀……. 그 파티에 들어가고 싶어 한다는 걸 보면 저 사람은 꽤 용기가 있네."

엘로드에서의 일로 감시를 했기 때문에 우리는 그 녀석들이 얼마나 이상한지 잘 안다.

원래부터 문제아 집단이라고 여겼지만 우리는 다른 녀석들보다 얽힐 기회가 많았거든. 그래서 정확한 정보를 가지고 있다.

세레나가 단순히 세상물정 모르는 애라면 괜찮겠지만 무슨 생각이 있는지 길드 구석에서 모험가들을 모아 뭔가를 하기 시작했다.

"그럼 토벌을 하러 가실 분은 이쪽에 줄서 주세요. 효과가 장시간 지속되는 지원마법을 무료로 걸어드릴게요."

다른 모험가들은 그 말을 듣더니 그녀 앞에 줄지어 섰다.

프리스트가 있는 파티는 흔치 않기에 우리처럼 프리스트가 없는 파티의 모험가에게는 감사한 제안이었다.

"흐음, 꽤 제대로 된 프리스트 같네. 나도 퀘스트를 하러 간다면 부탁했을 거야. 대체 어느 종파일까?"

"……아쿠시즈교가 아닌 건 틀림없어."

아쿠시즈교 녀석들도 이런 행동을 하지만 마법을 쓴 후에 「고마워해」, 「입교해」, 「헌금해」 같은 소리를 늘어놓는다.

아직까지 그러지 않는 것을 보면 아쿠시즈 교도가 아니라고 단언할 수 있다.

세레나는 그야말로 이상적인 프리스트라고 해도 과언이 아니었다. ……그래서 수상했다.

내가 나른한 듯이 테이블에 철퍼덕 엎드린 채 미심쩍은 눈길로 쳐다보고 있을 때 카즈마 일행이 길드에 들어왔다.

그리고 아쿠아가 다짜고짜 정체불명의 여자 프리스트에게 시비를 걸었으나 정론을 내세우는 세레나에게 박살이 나더니 풀이 죽었다.

"……마음에 안 드는걸."

나는 근처에 있는 카즈마 일행에게 들리도록 한 마디 했다.

"마음에 안 들어……. 저렇게 성직자다운 성직자를 나는 본 적이 없어. ……다른 녀석들은 겨우 지원마법 따위에 훅 넘어간 것 같지만, 나는 속지 않아. 프리스트로서의 실력이라면 옛날에 나를 되살려줬던 아쿠아 누님이 훨씬 뛰어나잖아. 누님이 훨씬 낫다고. ……마음에 안 들어. 진짜 마음에 안 든다고……."

저렇게 마음이 깨끗한 녀석이 존재할 리가 없다.

특히 프리스트란 녀석들은 툭하면 입교서를 내밀며 입교를 강요하거나, 에리스교의 험담을 하거나, 카지노나 술집에서 타락한 일상을 보내야 정상이라고!

내가 최근에 만났던 아쿠시즈교의 프리스트들은 전부 그랬어. 그런데 저 여자는 마치 프리스트 같잖아! ……응? 나, 이상한 소리 했나?

뭔가가 마음에 걸려서 고개를 갸웃거리고 있는데 길드 직원이 모험가들을 향해 힘찬 목소리로 말했다.

"모험가 여러분! 오늘도 힘차게 토벌을 하러 가시죠! 사실 오늘 토벌 의뢰는 평소와 좀 다릅니다만……."

드문 일인걸. 평소 같으면 길드 직원들이 게시판에 의뢰서를 붙일 시간이지만 아무도 그 작업을 하지 않았다.

그 대신이라는 듯이 아까 입을 열었던 길드 직원이 종이 한 장을 꺼내들고 힘찬 목소리로 말했다.

"실은 어젯밤부터 공동묘지 주변에서 대량의 언데드가 발생하고 있습니다. 그래서 오늘은 그 언데드들을 토벌해주셨으면 합니다. 그 묘지는 마을 인근에 있기 때문에, 언제 이 마을 주민들이 피해를 입을지 모르니까요. 특히 프리스트 여러분은 꼭 참가해 주셨으면 합니다!"

언데드의 대량발생인가.

우리 파티에는 프리스트가 한 명도 없지만 카즈마의 파티에는 능력만은, 능력만은! 우수한 프리스트가 있다.

그렇게 생각하며 쳐다보니 어찌된 영문인지 카즈마, 메구밍, 다크니스가 아쿠아를 쳐다보고 있었다.

"······하지만 너는 전과가 있으니까 말이시······."

카즈마가 미심쩍은 눈길로 쳐다보자 아쿠아는 당황했다.

혹시 저 녀석이 사고를 친 건가?

"저기, 그런 눈빛으로 나를 쳐다보지 마! 나, 요즘은 정화도 성실하게 했어! 거짓말이 아냐! 좋아, 두고 봐! 오늘 내가 아크 프리스트의 진정한 힘을 보여줄게! 좀비나 스켈레톤 따위는 나 혼자서 충분히 쓸어버릴 수 있어!"

허풍처럼 들리지만 그녀의 실력이라면 혼자서도 충분히

가능할 것이다.

이거, 의외로 수월한 일이 될지도 모른다.

직원의 보고대로 묘지에는 좀비 무리가 있었다.

숫자를 확인한 후 나를 비롯한 모험가들은 인상을 찡그렸다.

백, 아니, 이백 마리는 될 것 같았다. 이렇게 많은 좀비를 본 건 처음이다. 겉모습이 그로테스크한 건 각오했으나 그것보다 더 큰 문제가 있다.

"코가 삐뚤어지겠네! 이렇게 잔뜩 모여 있으니 악취가 장난 아냐. 사흘 정도 목욕을 안 했지만, 여기서는 들통 날 염려도 없겠네."

"더스트, 나한테 다가오지 마. 여기 있기만 해도 악취가 머리카락에 밸 것 같아. 앗, 저기 좀 봐. 저 좀비는 꽤 몸매가 좋지 않아? 너희 취향이지?"

코를 막은 린이 나와 키스를 향해 그렇게 말했다.

"가슴 한쪽이 없잖아! 여자라면 가리지 않을 거라 생각하지 말라고! 아직 멀쩡한 얼굴 쪽은 취향이지만!"

"잠깐만 있어봐, 더스트. 혹시…… 너처럼 소생시키면 괜찮지 않을까?"

"키스, 너는 정말…… 천재 아냐? 나중에 카즈마한테 부탁해보는 것도 괜찮겠네."

"하나도 괜찮지 않거든?!"

나와 키스가 진지하게 작전을 짜고 있을 때 린이 훼방을 냈다.

그런 이야기를 나누며 신경을 다른 쪽으로 돌렸지만 악취가 더는 견딜 수 없을 만큼 심해졌다.

"악취가 너무 심해서 눈이 따가워엇! 우와, 구역질이 날 것 같아……. 아침에 먹은 달걀이 목젖까지 올라왔다고……."

"다시 밀어 넣어, 키스. 그런데 이렇게 대량의 언데드가 이 제까지 발견되지 않았다가 이번에 일제히 나타난 거야? 이 묘지의 관리자는 대체 뭘 하고 있었던 건데?"

결국 파티 멤버 전원이 토벌에 참가하게 됐으나 전원이 참 가 자체를 후회하고 있었다.

좀비는 움직임이 둔해서 조무래기 취급을 당하는 몬스터 라 상대하기 쉬운 적이라고 여겨졌다. 하지만 이렇게 숫자가 많으면 존재 그 자체가 폭력이다.

임청난 악취 때문에 다른 모험가들도 신음을 흘리고 있었다.

"아쿠아 누님에게 후딱 쓰러뜨려달라고 한 후에 돌아가자고."

"완전히 남한테 떠넘기고 있네. 하지만 저 무리를 상대할 용기는 없으니까, 그러는 편이 좋을 것 같아."

전원이 같은 생각을 한 건지 아쿠아에게 시선이 집중되는 가운데, 좀비 무리를 보고 흥분한 폭렬걸을 다크니스가 말리고 있었다.

아무래도 폭렬마법으로 쓸어버리려고 한 것 같았다. 이

묘지를 초토화시킬 뿐만 아니라, 썩은 살점이 사방으로 튀면서 아비규환의 지옥도가 펼쳐질 것이다.

카즈마도 그걸 이해한 건지 아쿠아를 좀비 무리 쪽으로 끌고 갔다.

"좋아. 우리는 마법을 방해할 것 같은 좀비를 유인하자. 편하게 한몫 잡더라도, 조금은 일을 해두자고."

일하지 않고 먹는 밥은 맛있지만, 몸을 써서 배를 고프게 만드는 것도 나쁘지 않다.

"그래. 하다못해 그 정도는 해둬야 체면이 설 거야."

"방어는 맡겨다오. 크루세이더의 진면목을 보여주지."

"그럼 멀찍이서 할일 좀 해볼까."

다른 모험가도 카즈마 일행을 지원하듯 좀비들을 상대했다.

이러쿵저러쿵해도 다들 아쿠아의 실력 하나는 신뢰하고 있는 것이다. 그런 생각을 하고 있을 때 고대하던 목소리가 들려왔다.

"턴 언데드!"

묘지 전체가 새하얀 빛에 휩싸였다.

이렇게 광범위하게 마법을 쓰다니, 역시 대단했다.

"이걸로 끝이네. 허무한걸……. 어라? 어이, 좀비들이 기운이 넘치잖아."

마법의 빛을 쬔 좀비들이 여전히 꿈틀거리고 있었다.

"어, 어떻게 된 거야? 혹시 방금 마법에는 다른 의도라도 있는 거야?"

그렇게 생각하며 아쿠아와 카즈마를 쳐다보니—.

"오오오오?! 아쿠아, 언데드 퇴치는 네 유일한 장점이잖아! 어떻게 좀, 어떻게 좀 해봐!"

"이상해, 이상하단 말이야! 저건 언데드가 아닐지도 몰라! 그러고 보니 눈이 빨간 좀비는 본 적이 없어! 그것보다 카즈마는 왜 나한테서 떨어지는—."

두 사람은 꼴사납게 말다툼을 벌이고 있었다.

진짜로 마법이 안 통한 거냐. 여유부릴 때가 아니네.

주위의 다른 녀석들도 상황을 파악한 건지 당황하기 시작했다.

아쿠아가 있으니 괜찮을 거라고 생각했는데 마법이 통하지 않는다면 이야기가 달라진다. 이 정도 숫자의 좀비를 상대하다보면 사상자가 발생해도 이상하지 않았다.

죄악의 경우에는 도망치는 것도 고려하며 좀비에게 달려들려고 한 순간, 시야 구석에 있는 세레나의 모습이 눈에 들어왔다.

이 상황에서도 그녀만은 차분한 어조로 입을 열었다.

"턴 언데드!"

그 목소리가 울려 퍼진 순간, 세레나를 중심으로 바람이 불었다.

그러자 아쿠아의 마법이 통하지 않았던 좀비들이 차례차

례 쓰러지더니 꼼짝도 하지 않았다.

"""'오오오오오?!'"""

그 많은 숫자의 좀비를 세레나가 마법 한 방으로 해치운 건가.

토벌 의뢰를 간단히 해결한 것은 기쁘지만 나는 왠지 이 결과를 기쁘게 받아들일 수 없었다.

9

길드에 돌아가자 모험가들이 일제히 영입 권유를 시작했다. 세레나를 자기 파티에 영입하려고 다들 필사적이었다.

하지만 카즈마의 파티에 들어가고 싶다는 의지가 강한지, 세레나는 제안을 거절한 것 같았다.

"저기, 너는 왜 말을 안 거는 거야? 누구보다 먼저 권유를 할 줄 알았는데."

린이 나를 쳐다보며 의아하다는 표정을 지었다.

아직도 내가 어떤 녀석인지 모르는 거냐.

"흥. 나는 아쿠아 누님 파라고 말했지? 자기가 독실한 성직자라는 듯한 저 녀석의 행동거지가 마음에 안 들어."

"정말 속이 배배 꼬였다니깐. 우리 파티도 슬슬 프리스트를 영입하고 싶다는 소리를 했었잖아."

"쳇, 저딴 게 우리 파티에 들어오면 숨 막혀서 죽을 거야.

나는 좀 더 마음 편히 어울릴 수 있는 동료가 좋다고."

걷모습만이라면 합격점이지만 문제는 내용물이다.

"하지만 그 조건에 맞는 건, 아쿠시즈교의 프리스트뿐일걸?"

"……그쪽도 사양하고 싶어."

나는 테일러의 지적을 듣고 바로 그렇게 말했다.

세레나에게 활약할 기회를 빼앗긴 카즈마네 프리스트를 쳐다보니―.

"자! 테이블에 놓인 컵에 이 솔방울을 던져서 집어넣겠어요. 그러면 컵 안에서 슈르르륵~ 하고……!"

이상한 개인기를 선보이고 있었다.

……아쿠시즈교의 프리스트, 인가. 역시 됐어.

하지만 저 여자하고도 왠지 안 맞을 것 같아. 욕심이 없는 척 하지만 이번 토벌은 혼자서 해낸 거나 다름없으니 보수를 독차지하겠다는 소리를 할 게 뻔해.

그런 내 마음을 들여다본 듯한 타이밍에, 모험가 중 한 녕이 세레나에게 이런 말을 했다.

"―그런데, 세레나 양. 정말 괜찮겠어? 이번 토벌은 거의 당신이 혼자 해낸 거잖아. 그런데 보수를 우리끼리 나눠가지라니……."

"저는 성직자예요. 잠잘 곳과 허기를 면할 식비만 있으면 충분하답니다."

세레나는 그렇게 말하고 미소 지었다.

"……내가 틀렸어."

"어? 더스트, 방금 뭐랬어?"

나는 자리에서 벌떡 일어난 후 세레나를 향해 걸어갔다.

"처음 봤을 때부터 범상치 않다고 생각했어! 어디 사는 실망 덩어리 안습 아크 프리스트와는 다르게, 사람이 됐네! 돈을 밝히지 않는 점이 특히 좋아!"

나는 지금 주머니 사정이 어마어마하게 나쁘거든. 내 몫을 늘려준다면 이야기는 달라진다.

괜찮은 여자네. 프리스트라면 역시 이래야지!

제2장 저 배고픈 여자아이에게 포만감을

1

오늘은 동료가 한 명도 없어서 혼자서 우아하게 아침식사를 할 예정이었다.

나는 길드 1층의 애용하는 자리에 앉은 후 웨이트리스를 부르기 위해 손가락을 튕겼다.

"다른 손님에게 방해되니, 귀에 거슬리는 소리 좀 내지 말아주시겠어요? 그리고 출구는 저쪽이에요."

"방금 왔거든?! 나도 손님이라고! 주문하려고 부른 거란 말이야!"

단발 빨강머리 웨이트리스는 인상을 쓰며 나에게 다가왔다.

"오늘은 에리스교회에서 배식을 한다고 해요. 한 사람 당 두 그릇까지는 준다고 하네요. 참 잘됐죠?"

"왜 내가 돈이 없을 거라고 단정 짓는 건데?! 때로는 돈이 있을지도 모르잖아! 빨리 메뉴판이나 내놔!"

"에이~, 더스트 씨한테 돈이 있을 리가 없잖아요. 안 그래요?"

웨이트리스는 손으로 입을 가리고 깔깔 웃었다.

"맞아~. 돈이 있을 리가 없다고~. 빈털터리가 아닌 더스트는 더스트가 아니잖아. 그래서는 마치 평범한 모험가 같네."

"개그라고 쳐도 재미가 없다고! 좀 웃음이 터질 만한 소재를 가지고 와봐."

다른 자리에 있던 모험가들이 끼어들었다.

이, 이 자식들, 나를 완전 얕보고 있네.

"어이, 나도 때로는 돈이 있거든? 자, 이걸 봐. 너희 눈에는 이게 뭐로 보여?"

나는 품속에서 꺼낸 지갑 안의 동전을 테이블 위에 뒀다.

"어, 위조 동전⋯⋯은 아닌 것 같네요. 이 돈, 어디서 난 거예요? 받았다간 저도 공범이 되는 건 사양하고 싶거든요? 감옥에는 혼자 가라고요."

"범죄에 연루된 돈 아냐! 묘지의 좀비를 토벌한 돈을 받았다고. 너희도 마찬가지잖아!"

세레나가 한사코 돈을 받지 않은 덕분에 내 몫이 늘어났고, 이렇게 아침도 먹을 수 있게 됐다.

다른 모험가들도 두둑하게 한 푼 챙겨서 그런지 아침부터 꽤 호화로운 식사를 하고 있었다.

"그렇게 된 거니까, 배부를 만한 음식을 가지고 와. 빨리 가지고 오라고. 어이, 너희도 해가 서쪽에서 뜬 건 아닌지 확인하지 마!"

창가에 있던 녀석들이 일제히 창문을 열고 하늘을 올려다보았다.

뭐, 됐다. 가진 자는 싸우지 않는다는 말도 있으니까. 돈에 여유가 있는 동안에는 사소한 일로 화내지 않는다.

"어, 너 우리보다 일찍 온 거야? 신기한 일도 다 있잖아. 해는…… 동쪽에서 뜬 것 같네."

"해가 제대로 뜬 건가. 불가사의한 일도 다 있군."

"하늘에서 창이라도 쏟아지는 거 아냐? 아니면 세상이 멸망한다든가 말이야."

길드에 온 동료 세 사람이 함께 창밖을 쳐다보았다.

여기에는 무례한 녀석들 밖에 안 모이는 거냐!

"창 같은 건 안 쏟아진다고! 내가 평범하게 아침을 먹는 게 그렇게 이상—"

내 말을 끊듯 고막을 뒤흔드는 파괴음이 길드에 울려 퍼졌다.

허둥대는 내 앞에 격렬한 소리를 내면서 뭔가가 떨어졌다.

"우왓! 뭐, 뭐야?!"

테이블 위에 앉아있는 건— 길고 새하얀 머리카락을 지닌 여자아이였다.

창문이 있던 장소에서 쏟아지는 햇빛을 받자 새하얀 머리카락과 피부가 빛나는 것처럼 보였다.

앞으로 십 년 정도 지나면 사람들의 눈길을 끄는 미인이 될 얼굴이었다.

"엇, 이 애는 어디서 온 거지? 창문을 깨고 들어온 거야?"

이 갑작스러운 상황에 린도 당황했고 바람이 잘 통하는 창문과 이 여자아이를 몇 번이나 번갈아 쳐다보았다. 테일러와 키스도 비슷한 반응을 보이고 있었다.

하지만 이 여자아이는 아파하는 기색조차 보이지 않았고 무표정한 얼굴로 나를 지그시 쳐다봤다.

"꽤 대담한 등장이네. 다친 데는 없냐?"

어떤 이유가 있든 간에, 창문을 깨부수며 통과한다면 몸의 어딘가를 다치더라도 이상할 게 없다.

낯선 소녀는 원피스 차림에 맨발이었다. 노출이 심한 옷차림이라 피가 나는 곳은 없나 싶어 살펴봤지만 눈에 보이는 곳은 멀쩡해 보였다.

"두디어 차자써."

이 아이는 혀 짧은 목소리로 묘한 소리를 했다.

"응? 뭐?"

"두디어 차자써. 쥬인님."

…………뭐?

이 여자아이가 방금 뭐라고 했지?

"미안한데, 잘 안 들렸거든? 다시 말해봐."

"쥬, 인, 님."

여자아이는 나를 손가락으로 가리키더니, 아까보다 큰 목

소리로 또박또박 그렇게 말했다.

그 순간, 길드 안에는 정적이 감돌았다.

이 녀석, 방금 나를 「주인님」이라고 불렀지?

"어이, 이상한 농담—."

"""어어어어어어어어어어어엇!"""

린을 비롯한 동료 녀석들이 소리를 질렀고 다른 모험가들도 덩달아 소란을 피우기 시작했다.

"더스트 자식. 여자한테 인기가 없다고, 저렇게 어린 여자애를 건드린 거냐!"

"게다가 주인님이라고 부르잖아. 저 애, 더스트한테 약점을 잡힌 게 분명해."

"으흐흑, 저렇게 어린 애가 불쌍하게도 더스트에게⋯⋯. 저 자식이라면 언젠가 이딴 짓을 저지를 거라고 생각했어!"

멋대로 떠들어대는 모험가 녀석들을 노려봐서 입 다물게 만든 후, 아무 말도 하지 않는 동료들을 향해 고개를 돌렸다.

역시 동료가 최고야. 저 녀석들은 나를 믿을 테니까, 바보 같은 소리를 하지 않—.

"더스트 너, 글래머를 좋아한다는 건 위장 전술이었구나. 최근에 그 가게에서 가장 가슴이 작은 로리사와 자주 어울리는 걸 보고, 좀 미심쩍기는 했다고."

"자수하면 죄가 가벼워진다더군. 서까지는 같이 가줄 테니까, 안심해."

키스와 테일러는 내 어깨에 손을 얹었다.

"아야야야야얏, 아프니까 손가락에서 힘 빼! 젠장, 손이 안 떨어져! 어린애의 농담 가지고 너무하는 거 아냐? 그것보다 우선 내 말 좀 들어봐! 린도 입 다물고 있지 말고, 이 자식들한테 한 마디 해주라고!"

내가 최후의 보루인 린에게 그렇게 말하자 희미하게 뜬 그녀의 눈에서 얼음장 같은 시선이 뿜어져 나왔다.

"리, 린 양?"

"쓰레기라고 전부터 생각했지만, 이 정도인 줄은 몰랐어. 유언이 있으면 들어는 줄게."

"어, 나 죽는 거야?"

린이 지팡이를 들고 슬금슬금 다가왔다.

나는 도망치고 싶었지만 테일러와 키스에게 잡힌 탓에 자리에서 일어설 수도 없었다.

지팡이 끝이 서서히 빛나기 시작했다.

아, 이거 진짜로 죽었네.

"쥬인님을 괴롭히지 마."

바로 그때, 여자아이가 두 팔을 펼치고 지팡이를 든 린을 막아섰다.

"위험하니까 물러나 있으렴. 지금부터 엄청 그로테스크한 사태가 벌어질 건데, 어린 아이에게는 지나치게 자극적일 거야."

린이 무시무시한 소리를 늘어놨으나 그 여자아이는 고개

를 몇 번이나 저으며 저항했다.

"괴로삐면 안 대."

"……하아~, 알았어. 안 괴롭힐 테니까 안심해. 너, 변명할 거면 해봐. 일단 들어는 줄게."

이 녀석 덕분에 목숨을 건진 것 같다.

……응? 잠깐만 있어봐. 애초에 이 녀석이 묘한 소리를 한 바람에 이런 사태가 벌어진 거잖아.

"변명은 무슨. 이 꼬맹이는 대체 누구야? 너, 나랑 어디서 만난 적 있어?"

"이 상황에서 시치미를 떼? 배짱 한 번 끝내주네."

"지팡이 내밀지 마! 진짜로 모르는 애라고."

이렇게 인상이 강한 여자아이라면 아무리 나라도 절대 잊어먹지 않을 것이다. 그런데 전혀 생각이 나지 않았다.

하지만 왠지 위화감이라고나 할까, 그리운 느낌이 드는 건 어째서일까?

흰색에 가까운 은발과 새하얀 피부……. 왠지 마음에 걸렸다.

"거짓말을 해도 좀 제대로 하란 말이야."

"거짓말 아냐! 어이, 꼬맹이. 나를 누군가와 착각한 거 아냐?"

여자아이는 내 정면에 서더니 얼굴을 뚫어져라 쳐다보았다.

"이저버린 고야?"

울먹거리면서 쳐다보지 마. 내가 아는 사람 중에 은발 여자아이는 없단 말이야.

"나한테 올라따고 그르께 몸을 흔드러대쓰면서, 이저버린 고야?"

여자아이는 아까보다 더 위력적인 발언을 입에 담았고 이 공간 전체가 얼어붙었다.

"그르께 기분조타고 해쓰면서……."

"어, 어이……. 부탁이니까 거짓말이라고 말해줘! 안 그러면, 나는 몇 초 후에 어제 해치운 언데드의 동료가 된다고! 지금이라면 농담이라는 말로 무마할 수 있어! 어, 혹시 너…… 페이트포냐?"

어린애의 어깨를 잡고 흔들면서 발언의 정정을 요구하던 내 머리에 불쑥 그리운 이름 하나가 떠올랐다.

우리 둘이 서로를 응시하고 있을 때 등 뒤에서 무수한 살기가 느껴졌다.

천천히 고개를 돌려보니…… 무시무시한 표정을 지은 동료들과 모험가들의 모습이 눈에 들어왔다.

2

"정말, 미리 말해줬으면 됐잖아~"

"그래, 나도 더스트가 그런 짓을 할 정도로 쓰레기는 아니라고 믿었어."

"응. 동료를 믿는 건 당연한 거잖아."

나는 그런 소리를 늘어놓는 동료들을 뚫어져라 쳐다보았다. 한 명도 나와 시선을 맞추지 않았고 여자아이— 페이트포를 쳐다보았다.

"나는 끝까지 아니라고 말했거든?! 이 녀석과는 모험가가 되기 전에 만났어. 여러모로 신세를 진…… 사람의 자식이야."

일방적으로 집단폭행을 당했던 나는 길드에 있던 프리스트에서 술 한 잔을 사주는 대가로 힐을 걸어달라고 부탁한 덕분에 어찌어찌 부활했다.

그제야 이 소녀가 누구인지 완벽하게 생각난 나는 자초지종을 대충 설명했고, 지금에 이른 것이다.

만약 생각이 나지 않았다면 지금쯤 감옥 안 혹은 무덤 속에 있었으리라.

"하지만 그런 사정이 있으면 미리 말해주면 좋았잖아."

"너희가 들으려고도 안 했잖아! 바로 생각이 나지 않은 건…… 예전과는 모습이 완전히 달라졌기 때문이야."

이야기의 중심인 페이트포는 내 무릎 위에 앉아서 무표정한 얼굴로 몸을 좌우로 까딱거리고 있었다. 꽤 기쁜 것 같았다.

"이 나이 대에는 몇 년 동안 안 보면 겉모습이 확 달라지거든. 더스트가 바로 알아보지 못한 것도 무리는 아냐."

"그것도 그러네. 반성하고 있으니까, 그런 눈으로 쳐다보지

마. 술 사줄 테니 화 풀라고. 우리는 친구 겸 절친이잖아?"

고개를 끄덕이는 테일러와 시답잖은 소리를 늘어놓는 키스에게는 나중에 듬뿍 답례를 해줘야겠다.

"그건 그렇고, 이 애의 부모님은 이렇게 어린애를 두고 어디 간 거야?"

"글쎄. 옛날부터 좀 매사에 대충이었어. 나를 찾자마자 이 애를 떠맡기고 놀러간 거 아닐까? 이 애는 옛날부터 나를 잘 따랐거든."

우선 대충 둘러대서 이 상황을 모면해야 한다.

내가 머리를 쓰다듬어주자 페이트포는 내 목덜미에 얼굴을 묻은 채 킁킁 하고 냄새를 맡았다.

"냄새, 마뜨니 진정 대. 저기, 라인 쎄—."

"이야~! 전에 만났을 때는 엄청 어렸으니까, 내 이름을 제대로 기억 못하나 보네. 내 이름은 더스트야. 자, 말해봐. 그리고 네 주인님이 아니라고."

큰일 날 뻔 했네. 방금은 완전히 방심했었어. 이 녀석, 느닷없이 무슨 소리를 하는 거야?

방금 그 말, 아무도 못 들었겠지?

"안 이저써. 더스뜨, 아니라, 라인—."

"오~, 이제 제대로 내 이름을 말하네. 그래, 내 이름은 더스트야. 알았지?"

페이트포는 동그란 눈동자로 나를 지그시 응시했다.

그런 눈으로 쳐다보지 마. 하고 싶은 말이 뭔지는 알지만 내 말에 따라달라고.

내가 눈으로 그렇게 말하자 페이트포는 어쩔 수 없다는 듯이 고개를 끄덕였다.

"아라써. 더스뜨."

일단은 납득해준 것 같았다. 페이트포는 말이 통하는 애라 다행이야.

혀 짧은 목소리 덕분에, 아무도 아까 페이트포가 했던 말을 제대로 이해하지 못한 것 같네.

"그런데, 이 애는 어쩔 건데? 네가 한동안 돌볼 거야? 자기 자신도 제대로 못 돌보잖아?"

"뭐, 내가 돌볼 수밖에 없어. 이 녀석의 부모를 찾을 단서도 없으니까."

부모가 이 마을에 왔다는 것 자체가 애초에 거짓말이거든. 이 마을을 샅샅이 뒤져도 찾을 수 없다고……

페이트포를 알아본 이상, 이 녀석을 방치해둘 수도 없나.

"더스트, 괜찮겠어? 어린애를 제대로 돌봐줄 수 있겠어?"

"뭐, 어떻게든 될 거야. 머리가 좋은 애거든."

예전에도 내가 이 녀석을 돌봤으니 괜찮을 거라고.

머리를 가볍게 두드리고 있을 때 페이트포가 내 옷소매를 잡아당겼다.

"더스뜨, 배고빠."

"아, 밥 때구나. 린은…… 무리겠지. 좀 따라와 봐."

나는 페이트포와 손을 맞잡고 길드의 카운터까지 걸어갔다.

그리고 카운터를 닦고 있던 루나를 발견한 나는 부탁을 해보기로 했다.

오늘도 루나의 풍만한 가슴이 적절히 흔들리고 있었다.

"루나, 지금 바빠?"

"바쁘지는 않아요. 저 애는 아까 소동을 일으켰던……."

"뻬이뜨뽀에요."

페이트포가 고개를 꾸벅 숙이자 루나의 얼굴에 미소가 어렸다.

"어머~, 인사도 할 줄 아는군요. 참 착한 아이네요."

"그래, 머리가 좋은 애거든. 그것보다, 페이트포가 배고픈 것 같은데 조금만이라도 괜찮으니 나눠주면 안 될까?"

"어린애 앞에서 한심한 소리 하지 마세요. 어쩔 수 없네요. 딱 한끼만이에요."

착각을 한 루나가 웨이트리스를 부르려고 했다.

"아, 외상을 부탁하는 게 아냐. ……모유 좀 줘. 그렇게 큼직하면 모유가 나오고도 남을 거 아냐. 아, 수유 중에는 다른 녀석이 방해 못하도록 내가 감시, 크어어어억! 이 몸을 때린 건 어떤 자식…… 어느 분이신가요?"

내 등 뒤에는 지팡이를 치켜든 린이 서 있었다.

"너, 적당히 안 하면 모험가 자격을 박탈당할 거야. 그리고 아까 내 가슴을 보며 무리라고 말했지? 그 말은 무슨 의미야?"

"아, 저기, 뭐냐. 그러니까, 가슴이 납작하면 나올 것도 안 나올 거 아냐. 그리고 루나 정도 나이면……."

그 순간, 나는 엄청난 실언을 했다는 사실을 눈치챘다.

"저 정도의 나이면 뭐가 어쨌다는 거죠? 결혼을 해서 애가 있어도 당연하다는 말씀을 하시는 건가요? 그건 직업을 가진 여성에 대한 차별 아닐까요?"

말투가 정중할 뿐만 아니라 미소를 머금고 있지만 루나의 눈은 전혀 웃고 있지 않았다. 오늘 진짜 운수 사납네!

앞뒤로 서서히 다가오는 두 사람 사이에서 도망칠 길을 찾고 있을 때, 페이트포가 린의 얼굴을 지그시 쳐다보며 고개를 갸웃거렸다.

"저기, 왜 공주님이 여기 잇눈 고야?"

"어, 어이!"

"어, 공주님?"

린은 그 뜻밖의 말을 듣고 분노를 잊었다.

"공주님처럼 귀엽다며 칭찬하는 거야! 린은 참 좋겠네."

"고, 고마워?"

린은 당황하면서도 그렇게 대답했다.

이 녀석이 여기 더 있었다간 쓸데없는 소리를 늘어놓을 것 같다.

"좋아~. 이 몸이 밥을 사줄 테니까, 밖으로 나가자!"

나는 페이트포의 대답을 듣지도 않고 옆구리에 낀 후 허둥지둥 길드 밖으로 뛰쳐나갔다.

"잠깐, 기다려!"

등 뒤에서 다른 녀석들이 나를 부르는 목소리가 들렸지만 깔끔하게 무시하고 전력으로 도망쳤다.

길드에서 벗어난 나는 주위에 아는 사람이 있는지 확인하고 페이트포를 지면에 내려놓았다.

"저기저기, 더스뜨. 왜, 공쥬님이 여기 잇눈 고야?"

"그 녀석은 공주님이 아니야. 착하지? 두 번 다시 린에게 그런 말을 하지 마. 그리고 내 옛날이야기를 다른 애들에게 하는 것도 안 돼. 알았어?"

"응. 그래도, 너무 달마써."

"응…… 맞아."

너도 그렇게 생각했구나.

더는 이 일에 관해 이야기할 생각이 없었기에 나는 페이트포를 데리고 마을 안을 산책했다.

노점에서 적당히 먹을 것을 사서 건네주자 페이트포는 그것을 맛있게 먹었다.

"어이, 여기에 왜 온 거야?"

"말할 수 이께 되니까, 만나고 시퍼져써. 그리고…… 쓸쓸해써."

쓸쓸했구나. 내가 두고 간 바람에 말이야.

"그렇구나. 그럼 어쩔 수 없지."

사정을 알고 나니 더는 화를 낼 수 없었다.

다시 봐도 정말 변했는걸. 발목까지 닿는 은발과 잡티 하나 없는 새하얀 피부, 옷은 더러운 원피스 한 벌 뿐이고 신발도 신지 않았다.

"옷을 안 사면 여러모로 문제가 되겠네."

"뻬이뜨뽀는, 이대로도 갠차나."

"그럴 수는 없어. 보는 눈이 있거든. 내가 이런 차림인 너를 데리고 다녔다간, 자식을 학대하는 부모로 보이거나, 변태 취급당하며 경찰 신세를 지게 돼."

액셀 마을에는 나를 눈엣가시로 여기는 경찰이 많다. 이런 옷차림을 한 여자아이를 데리고 걸어 다니면 나는 그대로 경찰서 감옥에 갇히고 말 것이다. 틀림없다.

"이 근처에서 적당한 옷이라서 사서 갈아입혀야겠는걸."

"아, 더스트 씨잖아요. 으음…… 마, 맙소사. 돈이 너무 궁해서 결국 사고를 치고 만 거네요. 넘어선 안 되는 마지막 선을 넘어버린 거군요. 언젠가 이럴 거라고 믿고 있었어요."

"그런 믿음은 필요 없어!"

거봐~. 이딴 소리를 늘어놓는 녀석이 나타날 줄 알았다고.

목소리를 듣고 누구인지 눈치챘지만 확인을 위해 돌아보

니 겁먹은 눈을 한 융융이 눈에 들어왔다. 저건 범죄자를 쳐다보는 눈이야. 틀림없어.

"경찰 아저씨~! 여기에 범죄자가 있어요~!"

"어이, 관둬! 그런 게 아니라고! 다들 왜 짠 것처럼 그런 소리를 늘어놓는 거냐고. 이 녀석은 내 지인의 딸이야. 자, 인사해."

"뻬이뜨뽀예요."

"우와아아아아, 귀여워! 인형 같아! 어? 더스트 씨와 같이 있는데 싫은 기색을 전혀 안 보이네요. 아는 사이면 그렇다고 빨리 말해달라고요. 돈이 궁해서 유괴라도 한 줄 알고, 확 경찰을 부를 뻔 했잖아요."

"이미 불렀잖아! 그런 가벼운 마음으로 중죄를 범할 것 같냐?!"

융융은 꼬치구이를 먹고 있는 페이트포를 쳐다보며 싱글벙글 웃고 있었다. 여자란 생물은 꼬맹이에게 참 약하네.

"나보다 너는 어때? 족장 시련이니 뭐니는 통과했어?"

"그 일은 무사히…… 무사히? 통과했어요."

왜 의문형으로 말하는 건데.

"뭐, 어차피 카즈마에게 도와달라고 한 거겠지."

"어떻게 알았어요?! 혹시 카즈마 씨에게 들은 거예요?"

융융은 놀란 것 같지만 그 정도는 조금만 생각해봐도 알 수 있다.

융융의 교우관계와 성격을 고려하면 선택지는 얼마 안 되니까. 아니, 딱 하나뿐이다.

"나 말고 네가 제대로 이야기를 나눌 수 있는 사람이라곤 바닐 나리와 카즈마뿐이잖아. 나리를 홍마의 마을에 데려갔다간 난리가 나겠지. 게다가 전위도 아니거든."

"바닐 씨에게 부탁을 해볼까도 생각은 해봤어요. 하지만 홍마의 마을 사람들을 놀려댄 후 대참사가 벌어지는 미래가 뻔히 보여서……."

상급 악마이자 인간을 놀리는 것이 보람인 나리, 그리고 일족 전원이 호전적인 아크 위저드인 홍마족…….

……말도 안 되는 미래가 기다리고 있을 것 같았다.

"그건 현명한 판단이야. 전투 쪽으로는 미덥지 않지만, 잔꾀가 잘 돌아가는 카즈마에게 부탁하는 게 타당한 선택이지."

"맞아요. 카즈마 씨는 누구누구 씨와 다르게 상냥하니까, 기쁜 마음으로 받아줬어요!"

그 누구누구 씨라는 부분을 쓸데없이 강조하는걸.

융융이 말한 그 누구누구 씨는 분명 나일 테지만 그건 됐다. 하지만 방금 발언에는 동의할 수 없는 점이 있다고.

"너, 방금 누가 상냥하다고 말한 거야?"

"그야 물론 카즈마 씨죠."

"어엉? 내 절친이 세간에서는 카레기니 쓰레마라 불리는 것도 모르는 거냐?"

나는 면전에서 쓰레기나 망할 자식이라는 소리를 듣지만 카즈마의 악명도 상당했다.

"아, 알아요. 하지만 저한테는 상냥하거든요."

"흥, 음흉한 속내가 있어서 그런 게 뻔하다고. 아마 미인 천지인 홍마족 앞에서 멋진 모습을 보여주고 싶었을 뿐일걸? 그리고 너는 모르는 거야? 카즈마는 이 몸의 절친이라고!"

내가 단언하자 융융은 그대로 얼어붙었다.

"더스트 씨의 절친. 소름 돋을 만큼 설득력 있는 말이네요……."

생각했던 것보다 내 발언에는 설득력이 있는 것 같았다.

카즈마는 내가 절친이라고 말해도 「지인이야」라고 말하지만 그건 멋쩍어서 그러는 거라고 믿어 의심치 않는다.

그러니 돈이 바닥나면 또 얻어먹어야지.

융융은 나와 이런 이야기를 나누는 걸 보면 평소와 마찬가지로 한가한 것 같았다. 부탁을 해봐도 괜찮겠는걸.

"맞다. 너도 일단은 여자지? 그럼 이 녀석이 입을 만한 옷을 파는 곳 좀 알려주지 않을래?"

"일단은 여자라는 말이 좀 걸리는데…… 뭐, 좋아요. 옷가게라면 잘 알아요. 혼자서 윈도쇼핑을 하는 게 특기예요! ……다른 사람과 함께 들어가 본 적은 없지만요."

슬픈 말을 아무렇지 않게 늘어놓지만 혼자서 시간 때우는 것은 그 누구도 융융과 어깨를 나란히 할 수 없을 거라고.

이 녀석의 일상은 길드에 있거나, 폭렬걸과 시시덕거리거나, 마을 안을 어슬렁거리거나, 이 셋 중 하나다. 그 외에도 때때로 혼자서 퀘스트를 맡기도 했다.

"그런 궁극의 외톨이인 네가 이 애의 옷을 골라줬으면 해. 적당히 괜찮은 걸로 좀 골라줘."

"정말요?! 저한테 맡겨주세요! 옛날부터 인형놀이가 특기였으니까요! 아앗, 여자애와 함께 귀여운 옷을 사러가는 날이 오다니, 감격했어요!"

거절당할 걸 각오하고 부탁한 건데 뜻밖에도 융융은 기뻐했다.

부탁을 해놓고 이런 소리를 하는 것도 그렇지만 남의 옷을 골라주는 게 뭐가 그렇게 즐거운 걸까. 그리고 옷을 쇼핑하고 싶으면 그 녀석과 같이 가면 될 텐데.

"폭렬걸과 같이 옷 사러 간 적은 없어?"

"메구밍은 항상 똑같은 옷만 입고 다니거든요. 괜한 데는 돈을 거의 안 써요. 게다가 패션 센스에도 문제가 좀 있고요."

"아~, 그렇구나."

그러고 보니 카즈마는 메구밍이 퀘스트 보수를 받지 않는다고 말했다. 폭렬마법을 쓸 수만 있으면 그것으로 만족하는 걸까.

눈병이 난 것도 아닌데 때때로 안대를 쓸 정도니까, 패션 센스에도 문제가 많을 것이다.

돈에 흥미 없는 골수 폭렬마법 마니아라. 대단하다는 생각이 든다. 그렇다고 같은 파티가 되고 싶으냐면, 그렇지도 않지만 말이다.

"페이트뽀는, 이대로도 갠차나."

"안 돼요. 여자애는 귀여운 복장을 해야 해요! 얼굴이 예쁘니까 어떤 옷도 잘 어울릴 거예요."

융융은 웬일로 열변을 토했다.

페이트포는 영문을 모르겠다는 듯이 멍하니 쳐다볼 뿐이었다.

보아하니 이대로 융융에게 맡기면 괜찮을 것 같았다.

3

여자애의 쇼핑은 이렇게 시간이 오래 걸리는 건가.

옷가게에 들어오고 얼마나 시간이 흘렀는지 생각조차 하고 싶지 않았다.

페이트포는 어떤 옷을 입어도 무표정을 관철했다. 아니, 약간 질린 것 같네.

"역시! 이게 어울리는 것 같아요! 아까 그것도 물론 잘 어울리지만요."

"그렇죠?! 다음에는 이걸 입혀보죠. 꺄아, 귀~여~워~! 확 집에 데려가서 기르고 싶을 정도예요!"

잘은 모르겠지만 의기투합을 한 융융과 점원이 페이트포를 가지고 옷 갈아입히기 놀이에 푹 빠져 있었다.

……여자 점원의 눈빛과 표정이 위험해 보이니, 좀 주의해야 할 것 같다.

융융은 낯가림이 심하고 사교성이 부족하지만 오늘은 청산유수처럼 말을 쏟아내고 있었다. 옷 고르는 데 빠져서 상황을 파악하지 못하는 것이리라.

결국 한참을 더 기다린 끝에 겨우 옷을 골랐다.

"옷 두 벌과 구두도 샀는데, 더스트 씨는 돈 없죠?"

"어이, 나를 얕보지 말라고. 여자 옷 한두 벌 쯤이야…… 뭐가 이렇게 비싸?! 여자 옷은 이렇게 비싼 거야?! 한 마디 해줘야겠네."

내 한 달 식비보다 더 비싸잖아.

"하지 마세요! 이 정도는 기본이에요! 아니, 오히려 싼 편이라고요. 어쩔 수 없네요. 제가 살게요. 더스트 씨가 아니라, 페이트포 양을 위한 거니까 착각하지 마세요."

융융은 가슴을 두드리고 의기양양한 표정으로 그렇게 말했다.

"그거 참 고마운걸. ……아~, 아냐. 됐어. 그냥 내가 낼게."

옛날에는 이 녀석한테 엄청 신세를 졌으니까. 그 시절의 답례 삼아 이 정도는 사주자고…….

돈을 내고 옷과 구두를 받은 후 그 중 한 벌을 페이트포에게 입혔다.

이것도 원피스지만 아까와 다르게 상쾌한 색상이었고, 이 옷을 입혀두면 남들도 이상한 눈길로 쳐다보지 않을 것이다.

"이야, 귀여운걸."

"에헤헤."

페이트포는 웬일인지 약간 멋쩍은 표정을 지었다.

"더, 더스트 씨가 남을 위해 돈을 쓰다니⋯⋯. 그뿐만 아니라 자기한테 아무런 득도 안 되는데, 어린애에게 옷이 잘 어울린다는 말을⋯⋯. 술과 도박에만 돈을 쓰던 더스트 씨가 대체 어떻게 된 거죠?! 이상한 걸 주워 먹었거나, 머리를 세게 두들겨 맞았거나⋯⋯."

그렇게 놀랄 것까지는 없잖아. 나를 손가락질하면서 부들부들 떨지 말라고.

"대체 무슨 일이 있었던 거예요?! 더스트 씨는 어린애 상대로 그렇게 상냥한 표정을 짓는 사람이 아니었잖아요?! 혹시 더스트 씨의 껍질을 뒤집어쓴 다른 무언가예요?!"

"그 무언가가 뭔데?! 그리고 참고로 말하는데, 내 거시기는 껍질 같은 걸 뒤집어쓰고 있지 않아! 뭣하면 네 두 눈으로 직접 확인할래? 어이쿠, 마법을 쓰지는 마. 마법을 썼다간 페이트포도 휘말리고 말걸?"

"어린애를 방패로 삼는 건가요?! 비겁해요!"

흥, 멋대로 지껄이라고.

"너한테는 이제 볼일 없어. 오늘은 고마웠어. 그럼 잘 가."

"감사함미다."

페이트포는 고개를 숙인 채 나를 졸졸 따라왔다.

뒤를 힐끔 돌아보니 융융이 인상을 쓰고 멍하니 서 있었다.

"자~, 다음에는 뭘 할까. 하고 싶은 거라도 있어?"

"라인…… 더스뜨가 뼁소에 머하는지 알고 시퍼."

"내가 평소에 하는 거 말이야? 좋아, 순서가 뒤바뀌었지만 모처럼 예쁜 옷을 입었으니 몸도 깨끗하게 하도록 할까. 목욕하러 가자."

"응."

단골 대중목욕탕에서 깨끗하게 씻은 뒤에 뭘 할지 정하자.

페이트포는 겉보기에는 무표정해 보이지만 나는 기뻐하고 있다는 것을 알 수 있었다.

"걷는 게 힘들지 않아?"

"응. 조금 어렵찌만 즐고워."

나답지 않다고 생각하면서도 무심코 신경을 써줬다.

이 녀석이 평범한 꼬맹이라면 동료들이나 융융에게 떠넘기고 술을 퍼마시러 갔을 텐데.

"대중모교땅이 뭐야~?"

"그건 여러 사람들이 온수로 물놀이를 하는 곳이야."

"물노리 조아."

그러고 보니, 내가 몸을 씻겨주면 항상 좋아했었지.

……잠깐만. 이 상황이면 그것도 가능하지 않을까?

목욕탕 입구에 도착한 나는 카운터에 있는 노인에게 요금을 건넸다.

"어른 한 명, 어린이 한 명이군요. 감사합니다."

"응. 그럼 들어가자."

내가 페이트포의 손을 잡아끌고 안으로 들어가려 하자 누군가가 내 어깨를 잡았다.

카운터의 노인이 그 나이에 걸맞지 않은 완력으로 내 움직임을 저지한 것이다.

"뭐하는 거야. 돈은 냈잖아."

"그건 제가 할 말입니다, 손님. 그쪽은 여탕인데요."

"알아. 이 녀석은 내가 씻겨줘야 하거든. 그러니 피치 못해 내가 이 녀석과 함께 여탕에 들어갈 거야."

그렇다. 이것은 타협에 따른 행동이다. 아직 혼자서 몸을 씻지 못하는 페이트포를 위해 함께 목욕을 해주려는 상냥함에서 비롯된 행위다.

"하하하, 농담 마시죠. 저 아가씨의 나이라면 남탕에 데리고 가세요."

"남탕에 여자애가 들어가도 된다는 건 이상하지 않아? 영감, 남녀평등이란 말을 알긴 해? 나는 언제나 동심을 잊지 않는다고. 즉, 나는 어린애나 마찬가지인 거야. 알았지?"

"하나도 모르겠군요."

젠장, 제대로 설득했다고 생각했는데 손을 놓지 않아.

이 영감, 끈질기네.

"더 저항한다면, 목욕탕 출입을 금지할 뿐만 아니라 경찰도 부르겠습니다. 그리고 보니 손님은 전에도 여기서 문제를 일으킨 적이 있었죠? 여탕을 엿보—"

"아~, 내가 잘못했어. 좋아, 남탕에 데리고 가야지!"

나는 큰 목소리를 내서 노인의 말을 막은 후 순순히 남탕에 들어갔다.

낮이라 그런지 우리 이외에는 손님이 없는 것 같군.

"옷 성가셔. 알몸 조아."

"목욕탕에선 괜찮지만, 밖에서는 알몸으로 돌아다니지 마. 괴짜 천지인 액셀 마을에서도 그런 짓은 하면 안 돼."

기회만 생긴다면 언젠가 알몸으로 마을 안을 돌아다닐 여자 크루세이더의 모습이 내 머릿속에 떠올랐다.

아니, 아무리 그래도 그런 짓은 안 하려나. 그 녀석한테도 입장이라는 게 있으니까.

하지만 내 상상 속의 그 여자 크루세이더는 기뻐죽겠다는 듯이 볼을 붉히고 침을 질질 흘리고 있었다.

"어떠께 몸 씨슬 꼬야?"

"내가 씻겨줄게. 다음에는 혼자 씻는 거야."

"더스뜨는 말뚜는 변해찌만, 여저니 상냥해."

"이 몸은 언제든 상냥하다고."

나는 그렇게 말하고 페이트포의 머리를 감겨줬다.

옛날처럼 눈을 감고 가만히 있는 모습을 보니 옛날 생각이 나서 왠지 멋쩍었다.

당시의 나는—.

"……앗, 루나도 대낮부터 목욕하는 거야?"

"린 양, 이런데서 다 만나네요. 아까 모험가 분이 가져온 소재 중 일부가 썩은 상태였는데, 그 악취가……."

나는 부리나케 벽에 귀를 댔다.

방금 그건 린과 루나의 목소리야. 이 벽 너머에 그 두 사람이 있는 건가?!

젠장, 그걸 알았으면 그 영감을 두들겨 패고라도 여탕에 들어갔을 텐데……!

"더스뜨, 머해?"

"지금 바쁘니까 가만히 있어."

페이트포는 거품으로 머리가 범벅이 된 채 나를 지그시 쳐다보았다.

그런 순진무구한 눈동자로 나를 쳐다보지 마.

"……더 커진 거 아냐?"

어디 말이야?! 부위를 말하라고! 실황 중계를 세세하게 해달란 말이다, 린.

"저기, 진지한 표정으로 주무르지 말아줄래요? 그러는 린 양도 탄력적일 뿐만 아니라 피부가 참 예뻐서 부럽네요."

"꺄앗! 정말, 손가락으로 누르지 좀 마~."

대체 뭘 주무른 건데?! 어디가 매끄러운 거냐고! 손가락으로 어디를 누른 거냔 말이다! 좀 더 자세히, 자세히 이야기해봐!

"더스뜨, 눈 아파."

이야기를 엿듣는 데 정신이 팔린 나머지, 페이트포의 머리를 감겨주던 도중이었다는 것을 깜빡했다.

게다가 벽 너머에서도 더는 목소리가 들려오지 않네.

"어이쿠, 미안해. 자, 씻겨줄 테니까 눈 꼭 감고 있으라고."

페이트포의 머리를 한창 감겨주고 있을 때, 등 뒤에서 위화감이 느껴져 돌아보았지만 욕조에는 아무도 없었다.

"어, 이상하네. 누가 쳐다보는 것 같았는데. 설마 여자가 남탕을 엿보고 있나?"

당시의 나는 욕조에서 부글부글 거품이 일고 있다는 것을 눈치채지 못했다.

4

몸이 개운해진 후, 나는 페이트포에게 마을을 안내해줄 겸 마을 안을 돌아다녔다.

"저기는 항상 파리만 날리는 잡화점이야. 그리고 배가 불룩 튀어나온 저 사람은 아저씨란 명칭의 불쌍한 생물이지.

다가가면 가난이 옮으니까 조심해."

"어린애한테 이상한 걸 가르치지 마. 그리고 항상 가난한 사람은 바로 너잖아. 아가씨, 혹시 저 자식한테 이상한 짓을 당할 것 같으면 고함을 질러서 사람들을 부르렴. 알았지?"

때때로 시간을 때울 겸 방문하던 잡화점이 눈에 들어와서 페이트포에게 어떤 곳인지 알려줬더니, 가게 주인한테서 저런 터무니없는 소리를 들었다.

"아저씨, 이 녀석한테 어울릴 만한 잡동사니는 없어?"

"잡동사니 같은 건 취급하지 않는다고! 어이쿠, 고함쳐서 미안해. 놀랐지? 고르고 고른 물건 중에서 아가씨에게 딱 어울릴 만한 걸 골라줄 테니까, 잠시만 기다리렴."

아저씨는 불평을 늘어놓으며 가게 안으로 들어갔다.

가게에 진열된 상품 중에 적당한 게 없나 싶어 둘러보고 있을 때, 아저씨가 돌아왔다.

"이것밖에 없던데, 가지고 가. 이 아가씨한테 잘 어울릴 거다."

아저씨가 그렇게 말하고 페이트포의 목에 걸어준 것은 빨간 보석이 달린 사슬 목걸이였다.

하지만 그것은 어른이 쓰기에도 사이즈가 너무 컸기에 페이트포에게 전혀 어울리지 않았다.

"아차, 사슬이 너무 긴 걸. 이래서야 보석이 복부 언저리까지 쳐져서 영 보기가 그렇겠네. 길이를 맞춰줄 테니까, 일단 돌려줘봐."

"이대로도 괜찮아. 고마워."

"그래? 뭐, 언제든 길이를 조절해줄 테니까 가지고 오라고."

"지금은 수중에 돈이 없으니까 달아놔. 돈이 생기면 갚을게."

보석의 크기를 보면 꽤 비싸 보이는 물건이다.

보물섬 덕분에 광석과 보석이 대량으로 유통되며 값어치가 떨어지긴 했지만, 그래도 지금 저 목걸이를 사는 건 내 지갑을 탈탈 털어도 무리일 것이다.

어린 여자아이에게는 어울리지 않는 목걸이인데도 마음에 들어 하는 것 같으니 이제 와서 안 산다는 말은 못 하겠네.

"돈 생기면, 갚아……? 나이 탓인지 환청이 들리나 보군. 더스트라면 입이 찢어져도 물건 값을 내겠다는 소리를 할 리가 없지."

"내겠다고 했어. 이 녀석은 나한테 있어…… 뭐, 그런 건 아무래도 상관없잖아. 그럼 다음에 또 올게."

내 대응이 뜻밖인 건지, 아저씨는 미간을 찌푸리고 생각에 잠겼다.

그렇게 고민을 해대다간 앞머리의 라인이 더 후퇴할 거라고.

"조금 볼품없어 보이지만, 붉은 보석도 나쁘지 않네. 비싼 거니까 밖에서는 옷 안에 넣어둬."

"응."

표정은 변함이 없지만 기분이 꽤 좋아 보이는 페이트포와 함께 뒷길을 걸었다.

"어이쿠, 이런 곳에 와버렸네. 빨리 빠져나가자."

"더스트 씨, 가게는 아직 오픈하지 않았거든요?"

가게 앞에서 청소를 하고 있던 로리 서큐버스가 나를 발견한 것 같았다.

나는 버릇처럼 무의식적으로 서큐버스 가게 앞까지 오고 말았다.

"여자아이와 더스트 씨……."

부르지도 않았는데 다가온 로리 서큐버스는 몸을 웅크리더니 페이트포와 시선을 맞췄다.

다른 녀석들처럼 내가 범죄를 저질렀다는 소리는 하지 않는 건가. 의외로 보는 눈이 있는걸.

내 마음속에서 로리 서큐버스의 평가가 아주 약간 상승했다.

"새로운 자극을 추구하기 위해 편견을 각오하며, 글래머와는 정반대의 위험한 장르에 도전한 거군요. 거유에서 빈유, 최종적으로 여자아이에서 할머니까지 망라할 작정이죠? 에로를 향한 그 깊은 탐구심에는 감복했어요."

"야, 인마! 빙빙 돌려서 나를 변태 취급하지 마!"

악의가 없는 것 같지만 그래도 전혀 기쁘지 않았다.

시선이 마주친 페이트포는 고개를 갸웃거리더니 내 옷자락을 잡아당겼다.

"왜 그래?"

"냄새가 이상애. 사람 아냐. 먹어도 대?"

"이, 이 애는 대체 뭐죠?! 느닷없이 무시무시한 소리를 하네요!"

어, 냄새만으로 눈치챈 건가.

로리 서큐버스는 그 기묘한 말을 듣고 놀란 건지 몸을 웅크린 채로 재주 좋게 뒷걸음질을 쳤다.

"아무리 배가 고파도 이런 걸 먹으면 배탈 날 거야. 그러니까 관둬. 알았지?"

"이런 거?!"

"그리고 잘 봐. 가슴과 엉덩이에 살집이 없잖아. 먹어봤자 배부르지도 않을걸?"

"응."

"동의했어?!"

잡아먹히지 않도록 감싸줬는데 로리 서큐버스는 금방이라도 울음을 터뜨릴 것 같았다.

지금은 도와준 사람한테 고맙다는 말을 할 상황이잖아.

"이 녀석은 나쁜 녀석이 아니고 무해하니까, 신경 쓰지 않아도 돼."

"응. 아라써."

"저, 저기, 대화 도중에 끼어들어서 죄송한데요. 이 애는 대체 정체가 뭔가요?"

"뻬이뜨뽀에요."

"그, 그런가요. 으음, 저는 로리사라고 해요. 앞으로 잘 부탁드릴게요."

로리 서큐버스는 비굴한 표정을 짓고 자기소개를 했다.

여자아이 상대로 겁먹은 모습을 보니 위화감만 느껴졌으나 당사자는 지극히 진지한 것 같았다.

"저 애한테서는 불가사의한 느낌이 들어요. 악마의 본능이 절대 맞서면 안 된다고 외치고 있네요."

"기분 탓이겠지. 이 녀석은 내 지인의 자식인데, 지금 마을을 안내해주는 중이야. 가게에는 밤에라도 들를게."

"아, 잠깐만 기다려주세요. 오늘은 햇살이 강하잖아요."

로리 서큐버스는 가게 안에 들어가더니 챙이 넓은 모자를 들고 왔다.

그리고 그것을 페이트포의 머리에 씌워줬다.

"피부가 새하야니까 햇살을 조심하는 편이 좋을 거예요. 예, 잘 어울리네요."

"고마어요."

"더스트 씨와는 다르게, 고맙다는 말을 솔직하게 하는군요. 대견해요~."

나는 아무것도 안 했는데 멋대로 옷가지와 장식품이 갖춰졌다.

이러다가 살 집까지 생기는 건 아니겠지?

로리 서큐버스와 헤어지고 대로 쪽으로 간 후에 페이트포가 또 배가 고프다고 해서 함께 식사를 하기로 했다. 페이트포의 식욕은 정말 장난이 아닌걸.

눈앞에 접시가 차례차례 쌓였다.

"참, 많이도 먹네."

"응. 마시써. 더스뜨는 안 먹어?"

"나는 배 안 고파. 물이면 돼."

그러고 보니 전부터 대식가이기는 했지.

맛있게 먹는 건 좋지만 이대로 가다간 이틀 안에 지갑이 텅텅 비겠다.

외상이나 빚은…… 페이트포 앞에서는 지고 싶지 않아. 그렇다면, 일할 수밖에 없겠지.

내 고민을 알 리 없는 페이트포가 열심히 밥을 먹는 모습을 보니 쓴웃음이 났다.

포크와 나이프를 쓰지 않고 손으로 먹어대니 손과 입이 소스로 범벅이 됐다.

"자, 닦아줄 테니까 움직이지 마. 좋아, 깨끗해졌어."

"하아, 정말! 더는 두고 볼 수가 없네! 너, 대체 누구야?! 기분 나쁘거든?!"

"우왓, 뭐야?!"

느닷없이 등 뒤에서 큰 목소리가 들렸다.

뒤를 돌아보니 린, 키스, 테일러가 있었다.

"너희들, 나를 미행한 거냐?"

"페이트포 양이 걱정됐거든. 아, 그런 건 아무래도 상관없어. 더스트, 왜 아까부터 딸 바보 아버지처럼 행동하는 거야? 솔직히 말해, 딴사람 같아 보일 정도로 기분 나쁘거든? 인간 쓰레기에 못 말리는 진짜 더스트는 어디에 숨겨둔 거야?"

"목욕탕에서 이상한 짓을 하면 뛰쳐나가려고 감시하고 있었는데, 아무 짓도 안 했잖아. 훈훈한 가족 같아 보였다고."

키스가 그렇게 말하자 테일러는 고개를 끄덕였다.

그때 느꼈던 묘한 시선의 주인은 이 녀석들이었나.

"저기, 혹시…… 그 애가 네 친자식인 건 아니지?"

"린도 그렇게 생각했구나. 실은 나도 어렴풋이 그런 생각을 했어."

"어린애를 질색한다는 녀석 답지 않게 즐거워 보이던데……."

이 자식들, 느닷없이 나타나서 무슨 소리를 하는 거야?

페이트포가 내 자식일 리 없잖아. 하나도 안 웃기는 농담이네.

"나는 언제 어느 때나 여자와 아이들에게 상냥한 남자라고."

"미인을 보면 성희롱 아니면 헌팅을 하려고 들잖아."

"그건 매력적인 여성에게의 인사 같은 거니까."

"전에 어린애와 부딪쳤을 때, 옷이 더러워졌다며 세탁비를 뜯어내려고 했던 건 어디 사는 누구지?"

"그때는 돈이 없는 데다, 기분이 나빠서 그랬던 거야. 나는 아무 잘못 없다고."

내가 반론을 하자 동료들은 도끼눈을 뜨고 노려보았다.

그런 시선에는 이미 익숙해졌다. 하지만 옆에서 옷을 잡아당기며 순진무구한 눈동자로 쳐다보지는 말아달라고.

"빨리 다 털어놔…… 독신인 나를 속으로 비웃었지? 이 배신자! 기혼자 주제에 요즘 들어 딴 여자와 은근히 친하게 지냈잖아. 빌어먹으으으을! 이 세상 모든 커플은 전부 헤어져버려!"

"울면서 달려들지 마!"

"진정해, 키스! 심정은 이해하지만 아직 확실한 건 아니잖아."

테일러가 난동을 부리는 키스를 말렸다.

린은 난리를 피우고 있는 우리를 냉정히 쳐다보고 있었다.

"쓰레기의 화신이나 다름없는 네가, 남의 자식을 이렇게 상냥하게 대할 리 없어……."

"맞는 말이야. 이제 그만 인정해. 네 딸 맞지?! 저 애 말고도 숨겨둔 애가 잔뜩 있을 게 뻔해! 빨리 사실대로 말하라고오오오!"

"그냥 전부 털어놓고 홀가분해지는 게 어때?"

내 말을 눈곱만큼도 안 믿는 거냐.

그냥 확 내 자식인 걸로 하는 편이 나을 것 같았다. 이 녀석들이 페이트포의 정체를 캐고 다니는 것보다는 그 편이 나을까?

"아니~, 실은……."

"진짜로 결혼해서 아내도 있는 거야? 우리한테 그걸 계속 숨긴 거야? 숨기지 말고 솔직하게 대답해."

린은 평소와 다르게 진지한 표정으로 내 얼굴을 응시했고 나는 목젖 근처까지 올라왔던 말을 삼켰다.

"하아~, 잘 생각해봐. 나 같은 놈이 결혼을 할 수 있을 것 같아? 게다가 이 녀석이 몇 살로 보여? 내가 대체 몇 살 때 애를 만들었다고 생각하는 거야? 조숙한 데도 정도가 있지."

페이트포의 겉모습으로 추정해볼 때 내가 열 살 전후에 자식을 만든 게 된다. 신체적으로 불가능하다.

"아~, 하긴 그래. 곰곰이 생각해보니, 더스트 같은 녀석과 결혼하는 괴짜가 이 세상에 있을 리 없는걸. 응, 맞아."

말이 너무 심하잖아. 그리고 왜 기뻐 보이는 건데?

"더스트. 나는 너를 믿었어."

"응. 나도 마찬가지야."

"그 말은 오늘만 두 번 들었거든? 다음에는 안 봐줄 거다."

정말 제멋대로인 녀석들이다. 페이트포 앞이니까 싸우지는 않겠지만……

이야기가 성가시게 될 테니 페이트포가 동료들에게 괜한 소리를 하지 않도록 나중에 다짐을 받아둬야겠다.

"그 애가 있으면 한동안은 퀘스트도 못 하겠네. 보물섬과 그 전에 받은 보수가 있으니 괜찮겠지."

"아~, 그게 말이야. 퀘스트 받지 않을래?"

"저기, 더스트. 너, 진짜로 이상하거든? 항상 편하게 돈 벌 궁리만 하던 네가 성실하게 돈을 벌려고 하잖아. 머리에 열이라도 나는 거야?"

린이 내 이마에 손을 대고 열을 쟀다. 진짜 무례한 녀석이다.

"열 안 나거든? 이 녀석은 꽤 대식가야. 식비를 안 벌었다간 굶어죽을 거라고."

주문한 요리를 어느새 전부 먹어치운 페이트포가 텅 빈 접시를 우두커니 쳐다보고 있었다.

어른의 식사량으로 얼추 5인분은 됐는데 벌써 다 먹어치운 거냐.

"더스뜨……."

"알았다, 알았어. 배부르게 먹어도 돼."

"응."

약간 슬퍼보이던 얼굴에 희미한 미소가 어렸다. 나 말고 다른 이는 그런 표정 변화를 알아보지 못하겠지만 말이다.

웨이트리스를 불러서 아까와 같은 양의 음식을 또 주문했다.

……오늘 빈털터리가 될지도 모르겠네.

"그걸 다 먹을 수 있는 거니? 억지로 먹는 거 아냐?"

"응."

"남으면 우리가 먹으면 돼."

"안 나마."

"많이 먹고 좋은 여자가 되어야지."

"노력하께."

아이들에게는 상냥한 녀석들이니까, 금방 친해지겠는걸. 지금도 상냥하게 돌봐주고 있다.

그런 와중에 린은 불쑥 식사 중인 페이트포에게서 떨어지더니 테이블 구석으로 가서 손짓을 했다.

우리가 다가가자 린은 우리와 얼굴을 모은 뒤 작은 목소리로 말했다.

"저기 말이야. 저 애의 밥값 정도는 내줄 수도 있어."

"더스트를 사주는 건 싫지만, 어린애라면 사줄 수 있다고."

"어린아이가 굶는 건 보고 싶지 않거든."

이 녀석들이라면 이런 소리를 할 거라고 예상했지만―.

"마음은 고맙지만, 혼자서도 이 녀석 입에 풀칠 정도는 해줄 수 있어."

""".............""

"왜 그래? 갑자기 입 다물지 말라고."

진심으로 놀란 건지 세 사람은 눈을 한껏 치켜뜨고 바보 같은 표정을 지었다.

조용해진 가게 안에서는 페이트포가 음식을 씹는 소리만 울려 퍼졌다.

"병원 가자, 응?"

"아픈 거 아냐."

"지금 바로 교회로 가자."

"저주에 걸린 것도 아냐."

"너, 누구야?"

"더스트라고!"

이런 짓을 대체 몇 번이나 반복해서 직성이 풀리는 걸까.

"저기 말이야. 내가 멀쩡한 소리를 하는 게 그렇게 이상해?"

"""이상해."""

"이럴 때만 팀워크가 끝내주네!"

이런 단결력은 몬스터와 싸울 때 발휘하라고. 적어도 지금 발휘할 게 아니잖아.

이렇게 시끄럽게 떠들어대고 있는데도 페이트포는 혼자서 묵묵히 식사를 하고 있었다.

저 녀석도 진짜 간이 크다니깐.

"그리고 아무렇지 않게 밥값 정도는 내겠다고 하는데, 진짜로 낼 수 있어?"

"무시하지 말아줄래? 더스트와 다르게, 우리…… 나와 테일러는 저금을 하고 있거든?"

"앞으로의 인생에 무슨 일이 있을지 모르거든. 그래서 나름대로 돈을 모으고 있지."

"어이, 왜 나만 뺀 거야? 뭐, 주머니가 두둑하진 않아도 어린애 밥값 정도라면 낼 수 있다고. 나는 더스트와 다르거든."

호오, 말은 잘하는걸.

이 녀석들은 대화에 정신이 팔려서 지금 무시무시한 일이 벌어지고 있다는 걸 눈치채지 못했나 보네.

"테이블 위를 봐."

나는 여전히 테이블 앞에 앉아서 식사를 하고 있는 페이트포를 손가락으로 가리켰다.

무심코 내 손가락이 향하고 있는 곳을 쳐다본 동료들은 그대로 숨을 삼켰다.

테이블에 쌓인 몇 십 개나 되는 접시 때문에 페이트포의 조그마한 몸이 보이지 않을 지경이었다.

게다가 아직 배가 고픈 건지 웨이트리스를 불러서 추가 주문을 하고 있었다.

"마, 말도 안 돼. 저 많은 양을 혼자서 다 먹은 거야? 이 짧은 시간에? 저 몸집으로 그 많은 음식을 먹어치웠어?!"

"예, 예상 밖이야. 어린애는 식욕이 왕성한 법이지만, 이렇게 많이 먹을 줄은……."

"이야, 식욕 한 번 무시무시하네. 더치페이 술자리에 이렇게 많이 먹는 녀석이 온다면, 그 상대가 제 아무리 미인이라도 사양할 거야."

내가 하고 싶은 말이 무엇인지 이해한 것 같았다.

이대로 이야기를 나누고 있다간 페이트포가 끝없이 식사를 할 것 같았기에 우리는 일단 가게를 나서기로 했다.

이틀은 고사하고 겨우 하루 만에 내 지갑은 텅텅 비고 말

앗다. 빨리 적당한 퀘스트를 구해서 돈을 벌지 않았다간, 내일이 아니라 오늘 저녁도 굶어야 될 판이다.

조바심이 난 나를 곁눈질하며 마지막 접시를 쌓아올린 페이트포는 아직 약간 아쉬운 표정을 짓고 있었다.

5

길드로 가서 적당한 퀘스트를 찾아볼 생각이었지만 해가 지면서 주위가 어두워지기 시작했다. 오늘은 그냥 단념하고 내일 아침 일찍 길드에 가봐야 할 것 같다.

동료들은 저녁을 먹으려는 것 같지만 내 재정 상황은 최악이었다. 오늘은 여관 대신 마구간 숙박이 확정인걸.

나는 그래도 괜찮은데, 문제는 내 옆에 앉아서 발을 앞뒤로 흔들어대고 있는 이 녀석이다.

페이트포는 아까 그렇게 먹고도 아직 배가 안 찬 건지 손가락을 빨며 메뉴판을 쳐다보고 있었다.

동료들의 도움을 딱 잘라 거절해놓고 이제 와서 돈을 빌리는 건 자존심이…… 아니, 잠깐만 있어봐. 나한테 자존심 같은 숭고한 게 남아 있었어?

"음!! 으으으으으음!!"

"저기, 시끄러워. 왜 팔짱 끼고 끙끙거리는 거야?"

"내 안에 남아있던 것 때문에 한창 당황하고 있는 중이야."

"더스트. 너, 역시 오늘 이상해."

혹시 진심으로 걱정해주는 걸까. 키스와 테일러도 신기하다는 표정으로 이쪽을 쳐다보지 말라고.

동료들은 일단 무시하고 페이트포의 식량 확보를 우선하기로 했다.

돈 안 들이고 이 녀석의 식사를 해결할 방법이 없나 싶어서 길드 안을 관찰하고 있을 때, 나는 묘안이 떠올랐다.

"좋아~. 페이트포, 저쪽에서 와자지껄 떠들어대는 4인조 보여?"

"어디?"

페이트포는 주위를 두리번거리고 있었다.

모험가는 대부분 세 명 혹은 네다섯 명이 파티를 이루는 경우가 많으니 누구를 말하는 건지 모르는 건가. 그리고 다들 떠들어대고 있잖아.

"변태 같은 여자와, 정신 나간 듯한 여자와, 개인기를 선보이고 있는 여자 있지? 그 녀석들에게 둘러싸여서 술 마시고 있는 남자한테 가서「오빠야, 배고빠~」라고 말하면 배터지게 얻어먹을 수 있을 거야."

"정말?"

"그래. 저 녀석은 내 절친에 부자니까, 사양할 필요 없어."

"……가따올께."

페이트포는 내 제안을 받아들이더니 액셀 마을에서 가장

유명한 파티에게 다가갔다.

카즈마가 여자아이에게 약하다는 것은 익히 알고 있다. 그것도 여동생에게 약한 것 같았다. 아이리스와 폭렬걸이 그렇게 따르는 게 증거나 다름없다.

그 외에도 폭렬걸의 여동생이나 다크니스의 숨겨둔 아이 소동 때도 그 편린은 들어났거든. ……뭐, 액셀 마을의 모험가들은 하나같이 어린애한테 무르지만 말이야.

카즈마에게 다가간 페이트포가 그의 바지를 움켜잡고 무슨 말을 했다.

거리가 멀어서 목소리는 들리지 않지만 일이 잘 풀린 것 같았다. 카즈마 일행한테서 음식을 산더미처럼 받아왔다.

요리가 산더미처럼 쌓인 커다란 접시를 든 페이트포가 만족한 표정으로 돌아왔다.

"엄쩡 바다써."

"그래. 잘됐네. 사양하지 말고 배부르게 먹어."

"너, 그러다 카즈마한테 절교당할 거야."

"괜찮아. 저 녀석들은 여자아이에게 고맙다는 말을 들어서 기쁠 거고, 이 녀석은 배부르게 먹을 수 있어서 기쁠 거야. 손해 본 사람은 한 명도 없어. 이런 걸 두고, 카즈마네 나라에서는 윈윈이라고 말한다더라고."

"아무리 생각해도, 저쪽이 손해 본 것 같거든? 하지만 이렇게 맛있게 먹어주니 불만은 없을지도 몰라."

린은 열심히 음식을 먹는 페이트포를 쳐다보고 미소 지었다.

이 광경을 보니 옛날 생각이 좀 나네. 그때도 내가 페이트포에게 먹이를 줬고 그런 우리를 즐거운 듯 바라보는―.

"저기, 페이트포 양. 더스트의 어디가 그렇게 마음에 든 거니? 솔직히 말해 결점이라면 산더미처럼 있지만, 잘난 구석이라고는 눈곱만큼도 없잖아."

"나도 그게 의아해. 여기서는 고블린보다도 미움 받고 있는 남자잖아."

"호감을 살 요소가 전무하지."

"하나 정도는 괜찮은 구석도 있을 거라고! 동료라면 곰곰이 생각해봐! 힘내라고!"

누구 한 명 나를 칭찬하지 않았다.

질문을 받은 당사자는 식사를 멈추고 곰곰이 생각에 잠겼다.

"더스뜨는 뻬이뜨뽀를 구해줘써. 감옥에 가쪘는데 구해줘써. 「이제 갠차느니까 안시매」라고 말해줘써."

그리운 이야기다. 처음 만났을 때를 아직 기억하고 있는 건가.

나도 그때 일을 선명하게 기억한다. 부상을 당한 상태로 감옥 안에서 몸을 웅크린 채 겁먹은 눈길로 나를 경계했었지.

"그런 괴로운 일이 있었구나. 나쁜 일을 떠올리게 해서 미안해. ……하지만 그때 더스트는 너한테만 보였던 환상 아닐까?"

"야, 인마."

"진짜로 더스트 맞아? 너를 구해준 사람이 이렇게 경박하게 생겼는지 잘 떠올려봐. 착각한 것 아닐까?"

"인마, 적당히 해."

린이 내 얼굴을 잡더니 페이트포를 향해 쑥 내밀었다. 그러자 눈앞에 있는 페이트포의 눈동자 색깔이 서서히 붉은색으로 변하기 시작했다.

앗, 큰일 났다!

"지, 진정해! 동료들끼리 장난치는 거니까, 화낼 필요 없어. 흔한 일이라고."

무언의 분노가 나에게도 전해지자 나는 허둥지둥 페이트포를 달랬다.

머리를 쓰다듬어주자 화가 가라앉은 건지 눈의 색깔이 원래대로 되돌아왔다.

"더스뜨를 요카는 이 사람, 시러."

페이트포가 귀여운 목소리로 싫어한다고 딱 잘라 말하자 린은 충격을 받은 건지 비틀거렸다.

"아아~, 이 몸의 험담을 하니까 미움을 받는 거야. 모성애가 부족한 거 아냐?"

"시끄러워! 아무리 생각해도, 방금 이야기 속의 인물은 내가 아는 더스트가 아니란 말이야. 마치 영웅이나 이야기 속의 기사님이잖아. 착각으로 치부할 수밖에 없는걸. 진짜로 더스트가 맞……."

"부우."

"이제 아무 말도 안할게요."

페이트포가 노려봤고 린은 입을 꼭 다물었다.

동료들은 방금 말을 믿는다기보다, 어린아이 앞이니 그냥 믿는 척 해줄 뿐인 것 같았다. 나도 이 일을 가지고 왈가왈부하고 싶지 않으니 잘 됐다.

"이 애, 화내니까 무섭네. 방금 박력은 어린애답지 않았어."

린은 진짜로 무서웠던 건지, 식은땀을 닦고 있었다.

"그래? 뭐, 옛날에 뚜껑이 제대로 열려서 사고를 친 적도 있어. 그때는 달래느라 고생했다니깐."

페이트포는 내 말을 듣고 그때 일이 생각난 건지 산처럼 쌓인 요리 뒤편에 숨었다. 부끄러운 걸까.

"그것보다 내일은 퀘스트를 받을까 하는데, 다들 별다른 일정은 없지?"

"한가하긴 해."

"딱히 볼일은 없어."

"나도 마찬가지야."

이걸로 인원은 확보됐다.

문제는 우리가 퀘스트를 수행하는 사이에 누가 페이트포를 돌봐줄 것인가, 였다.

머리가 좋은 애니까 길드에 있으라고 하면 되려나.

"페이트포. 내일은 퀘스트를 해서 돈 벌어올 테니까, 그동안 여기서 기다려줄래?"

"시러. 따라갈 꼬야."

"어리광부리면 못 써. 몬스터와 싸워야 하니까 위험하단 말이야."

"이 사람, 시러."

"커억!"

린이 상냥한 말로 타이르려고 했지만 페이트포는 짤막한 말로 격침시켰다.

진짜로 싫은 건지 남들도 알아볼 수 있을 만큼 인상을 썼다. 감정을 이만큼이나 겉으로 드러낼 수 있게 된 건가.

"아가씨, 진짜로 위험하다고. 몬스터한테 공격을 받으면 어쩔 거야?"

"해찌울 꼬야."

"오~, 든든한걸. 하하하."

다른 녀석들은 방금 그 말을 농담이라 생각하며 웃었지만 당사자는 진심이라고……

"내 생각에는 데려가도 괜찮을 것 같은데."

"뭐어?! 너, 무슨 소리를 하는 거야?! 놀러가는 게 아니잖아. 만약의 사태라도 벌어지면 어쩔 건데?!"

린은 페이트포에게 미움을 받으면서도 진심으로 걱정하는 것 같았다.

키스와 테일러도 페이트포의 안전을 생각해 설득하려 했으나 이 녀석은 한사코 따라가겠다고 우겼다.

모습은 변했지만 이런 면은 여전한 건가.

"내가 반드시 지킬 테니까 걱정하지 마. 게다가 너희도 전투 중에 이 애를 내팽개치지는 않을 거지?"

"당연하잖아. 너 혼자라면 주저 없이 내팽개치겠지만, 저애는 목숨을 걸고 지킬 거야."

"그럼 위험한 퀘스트를 받지 않는다는 조건으로 데려가면 되지 않을까? 억지로 두고 가더라도 이 애 성격이면 몰래 따라오고도 남아."

"따라갈 꼬야."

페이트포는 당연하다는 듯이 고개를 끄덕였다.

"그렇다면 차라리 데리고 가서 지켜주는 편이 안전할지도 모르겠군."

"하지만 테일러. 쫄래쫄래 돌아다니면 위험할 거고, 어린 애한테 얌전히 있으라고 강요하는 것도 좀 그렇지 않아?"

"그건 키스의 말이 맞아. 하지만 자유롭게 행동하게 둬서, 어린아이를 위험에 처하게 할 수도 없지."

테일러와 키스는 진지하게 고민하고 있는 것 같지만 그렇게 심각하게 생각할 필요는 없는데…….

그런 두 사람의 대화에 끼지 않고 홀로 입을 다물고 있던 린이 갑자기 일어서더니—.

"나한테 좋은 생각이 있어. 준비할 게 있으니까 먼저 가볼게. 내일 봐."

우리의 대답도 듣지 않고 길드에서 뛰쳐나갔다.

갑자기 나간 린도 신경 쓰이지만 그것보다…… 허락 없이 추가 주문을 하고 있는 페이트포의 밥값을 어떻게 지불할 것인가. 그쪽이 더 중요했다.

6

"―기분 좋게 자고 있는 것 같네."

옆에서 잠들어 있는 페이트포의 몸을 상냥히 쓰다듬었다.

처음 만났을 때만 해도 겁이 많은 데다 경계심이 어마어마해서 필사적으로 달래야 했지만 마음 깊은 곳은 순수하고 상냥한 아이였다.

이렇게 무방비하게 잠을 자는 모습을 보니 안심이 됐다.

"이용하는 것 같아서 마음이 아프지만, 이것도 이 나라와 공주님을 위한 일이야."

변명을 늘어놓고 억지로 스스로를 납득시켰다.

악한에게서 페이트포를 구한 후 직접 돌보게 됐다. 당초에는 이런저런 문제도 있었지만 지금은 서로에게 완전히 마음을 열고 있었다.

그날 이후, 공주님 다음으로 소중한 존재가 되었고 우리는 가능한 한 같이 있으려 했다.

오늘은 아침부터 함께 설쳤기 때문인지 피로가 꽤 쌓인 것 같았다.

지금은 깊이 잠들어 있었다.

창문을 통해 보이는 밤하늘은 별로 뒤덮여 있었다. 공주님이 툭하면 「드래곤에 태워줘!」라고 말했지만 국왕의 허락 없이 태울 수는 없다.

그 정도는 알고 있으면서도 몇 번이나 그 말을 되풀이했다.

특히 요즘 들어서는 거의 매일같이……. 이유는 알고 있다. 하지만 나는 입장 탓에 그 점을 지적할 수 없었고 결국 매일같이 얼버무리며 넘어갈 수밖에 없었다.

"결혼인가. 한 나라의 공주 쯤 되면 약혼자가 있는 게 당연하지. 정말 말귀를 못 알아듣는 분이야."

나는 그저 그 분을 지킬 뿐이다. 기사로서—.

잠에서 깬 나는 머리를 긁적였다.

……오늘 꿈은 페이트포의 영향이겠지.

"자, 그럼 정신 바짝 차리고 돈 벌러 가볼까요."

마구간에서 깨어난 내 옆에서 편안한 표정으로 잠을 자고 있는 건 역시 페이트포였다.

동료들과 길드에 있던 모험가들이 숙박비를 대신 내주겠다고 말했는데, 전부 거절하고 마구간에 와서 나와 함께 잔 것이다.

아름다운 누님이 그랬다면 완전 대환영이겠지만 이건 꽤 위험했다.

"이런 모습을 누가 보기라도 했다간, 오해가 더 깊어질 거라고."

로리콤 의혹을 받는 건 카즈마만으로 충분하다. 그런 소문이 퍼졌다간 여자들이 나한테 다가오지 않을 테니까.

페이트포를 깨워서 길드에 가보니 평소보다 사람이 적었다.

이른 아침에 퀘스트 의뢰가 게시판에 붙으니까, 편한 퀘스트를 차지하려고 아침 일찍 오는 녀석들이 평소 같으면 몇 명 정도는 있어야 정상인데 말이다.

아침까지 술을 퍼마셨을 때 그런 녀석들을 몇 번 봤었다.

"더스트, 왔구나."

어젯밤에 사라진 후로 못 봤던 린이 나를 향해 뛰어왔다.

"자, 움직이지 마."

"뭐, 뭐야? 어이, 이 끈은 뭐냐고. 뭘 하는 건지 가르쳐 줘. 아무 말 없이 끈으로 묶지 말라고."

린은 남의 말을 깔끔히 무시하면서 천이 달린 끈으로 나를 돌돌 묶었다. 그리고 만족한 표정을 지었다.

어이, 이게 뭐야.

"풉, 생각보다 포대기가 어울리네."

어이, 왜 히죽거리는 거야?

"포대기? 그게 뭔데?"

"설명하는 것보다 실제로 써보는 편이 쉽게 이해가 될 거야. 페이트포 양, 이쪽으로 와보렴. 꺄앗, 내 손 물지 마!"

"으르르르르릉!"

페이트포는 이를 드러내며 린을 위협했다.

이 두 사람은 정말 궁합이 맞지 않는 것 같네.

"그러니까, 얌전히 있으란 말이야! 정말, 이상한데 물지마! 자, 이러면 더스트와 같이 있을 수 있지?"

린은 페이트포를 들어 올리더니 내 등에 올려줬다.

페이트포는 나를 손으로 잡지 않았는데도 떨어지지 않았다.

"이러면 양손도 쓸 수 있고, 더스트의 부담도 적을 거야. 좀 무거울지도 모르지만 말이야."

"아, 이 정도 무게라면 문제될 건 없어. 덕분에 살았어, 린. 자, 너도 고맙다고 해."

"부우……. 고마어요, 마음에 안 드는 사람."

퉁명해도 일단 인사는 했네. 린은 쓴웃음을 지었지만 말이야.

페이트포를 업었으나 전신갑옷을 입던 시절을 생각하면 딱히 무겁지 않았다.

남자다움이 손상되는 게 좀 신경 쓰이지만 어쩔 수 없지.

게다가 요즘에는 육아에 힘쓰는 남편이 인기 있다는 소문을 들은 적이 있다. 의외로 여자한테 인기가 있을지도 모르겠네.

"테일러와 키스는 아직 안 온 거야? 이 몸께서 이렇게 일찍 왔는데 말이야. 진짜 게을러 터졌네."

"그게 말이야. 실은 테일러와 키스는 갑자기 할일이 생겨

서 못 온다고 했어."

"뭐어어어어? 어이, 어제 약속했잖아. 키스는 그렇다 쳐도 테일러까지 약속을 깨다니, 진짜 너무한 거 아냐?"

"나도 이유를 물어봤는데, 도저히 무리라고 했어."

키스는 매사에 대충인 데다 변덕이 심하니까 납득이 되지만 테일러가 이렇게 느닷없이 약속을 어기는 건 말도 안 된다.

두 사람 다 캔슬한 건 그럴 만한 사정이 있기 때문일까? 나중에 만나면 자세하게 물어봐야겠다.

"그럼 어떻게 하냐고. 단둘이서는 솔직히 무리잖아."

퀘스트의 종류에 따라서는 둘이서도 처리할 수 있겠지만 린은 페이트포가 위험하다며 반대할 게 뻔했다.

이렇게 되면, 다소 위험을 감수하더라도 혼자 갈까?

"안심해. 아까 저쪽에서 도우미를 확보해뒀어."

타이밍을 재고 있었던 건지 린의 뒤편에서 두 인물이 걸어 왔다.

"시, 실례합니다! 이 날씨 좋은 날에 여러분과 함께 모험을 하게 되어—"

"이제 좀 익숙해지라고. 아, 선물은 받아두겠어."

긴장한 표정으로 장황한 인사를 늘어놓고 있는 건 외톨이 홍마족인 융융이다.

몇 번 파티를 짠 적이 있는데도 아직 단체행동에 익숙하지 않은 것 같았다.

"선배님들, 오늘 잘 부탁해요. ……마누라한테 버림받은 칠칠치 못한 아버지 같은 모습이 참 어울리네요."

융융과는 정반대로 긴장한 기색이 전혀 없는 이 인물은 로리 서큐버스였다.

도우미가 누구인가 했더니 최근 자주 어울렸던 이 두 사람인가.

"괜한 소리 하는 건 좀 그렇지만, 도와주는 건 고마워. 퀘스트를 좀 살펴보고 올 테니까, 기다리고 있어."

게시판에 붙은 의뢰 중에서 적당한 것을 찾아봤지만 몬스터 토벌이 대부분이고 안전한 잡일 의뢰 같은 건 거의 없네.

나는 우연히 근처를 지나가던 루나를 발견하고 말을 걸었다.

"어이, 루나. 퀘스트 내용이 토벌 쪽으로 편중되어 있는 거 아냐?"

루나는 내 등 뒤를 보고 한순간 놀란 듯한 표정을 지었지만, 곧 눈을 떼더니 심호흡을 하며 태연을 가장했다.

"눈치채셨군요. 최근 며칠 동안, 모험가 여러분이 퀘스트를 맡아주지 않아서요. 그뿐만 아니라 길드에 오지를 않으세요."

땅이 꺼져라 한숨을 내쉬는 루나를 보고 길드 안을 관찰해보니 확실히 모험가의 숫자가 적었다.

"다들 어디 간 거야?"

"그게, 며칠 전에 액셀 마을에 온 세레나 씨를 따라다니는 것 같아요. 무상으로 지원마법을 걸어주기 때문에, 모험가 여러분 사이에서 인기가 좋죠. ……남자들은 상냥하면서 정숙해 보이는 청순한 미인이 그렇게 좋은 건가요?!"

"그런 사람이면 인기가 있는 게 당연하잖아. 왜 울먹거리는 건데?!"

몸을 밀착시킨 루나의 가슴에서 느껴지는 감촉은 끝내주지만 필사적인 표정으로 그러니 무시무시했다.

"이상하잖아요! 저렇게 간단히 남자들에게 사랑받는 건 이상하다고요! 그 테크닉을 배우고 싶을 정도란 말이에요!"

"그럼 나한테 푸념 늘어놓지 말고, 직접 물어봐!"

인기가 좋다고 생각했지만 그 정도인 줄은 몰랐다.

프리스트라는 말을 들으면 문제아 천지인 아쿠시즈 교도를 떠올리게 되지만 세레나는 정상 같아 보였다. 특히 돈에 집착하지 않는 점이 좋다.

그런데 지금 그런 일이 벌어지고 있는 건가. 페이트포에 관한 생각으로 머릿속이 가득 차서 길드의 이변을 전혀 눈치채지 못했다.

"남자들이 푹 빠지는 것도 무리는 아냐. 가슴과 엉덩이가 꽤 빵빵, 아얏! 목덜미를 물어뜯지 마! 알았어, 알았다고! 그런 것보다 퀘스트나 빨리 하러 가잔 거지?"

배가 고파서 신경이 날카로워진 건지 페이트포가 등 뒤에서 나를 물어뜯었다.

"퀘스트를 처리해주실 건가요! 이런 상황이라 의뢰가 쌓여서 난처하던 참이에요. 잘 부탁드립니다! 지금이라면 의뢰료를 3할 더 얹어드릴 뿐만 아니라, 여기서 외상으로 식사할 수 있도록 제가 잘 이야기해둘게요!"

많이 곤란한 상황인지 파격적인 조건을 제시했다.

오늘 파티는 마법사 쪽이 충실하니 화력을 기대할 수 있다. 토벌 퀘스트도 내용에 따라서는 안전하게 처리할 수 있을 것이다.

나는 적당한 퀘스트를 몇 개 고른 후 다른 이들을 데리고 길드를 나섰다.

우리는 순조롭게 토벌 퀘스트를 처리했다.

나는 전위로서 선두에 섰지만 전투에 들어가면 페이트포를 걱정하는 다른 이들이 전력을 다해 마법을 날려댔기에 내가 뭘 하기도 전에 전투가 끝났다.

이미 퀘스트를 세 개나 클리어 했고 남은 두 개도 순식간에 정리할 수 있을 것 같았다.

"너무 잘 풀려서 좀 무섭네."

"수월하니 잘 된 거 아냐? 괜한 걱정하면 빨리 늙는다고."

"몬스터는 저한테 맡겨주세요. 페이트포 양은 눈곱만큼도 다치지 않게 할 거예요!"

"정말 믿음직해요, 융융 선배!"

융융은 내가 미끼가 되어서 적을 유인하기도 전에 전부 해치워버렸다. 남은 적이 여럿일 때는 린이 각개격파하거나 로리 서큐버스가 정신마법으로 발을 묶었다.

마법사가 세 명이나 되어서 밸런스가 나쁜 파티지만 의외로 잘 싸우고 있었다. 이 넷이서 몬스터를 토벌하는 게 처음이 아니라서 그럴까.

"응? 왠지 어깨가 축축…… 어이, 침! 침!"

"꼴깍. 마시께따……."

페이트포가 내 등 뒤에서 방금 해치운 자이언트 토드를 향해 뜨거운 시선을 보내고 있었다.

굶주림이 한계에 도달한 건지 폭포수처럼 침을 흘리고 있었다.

"융융, 저 거대 개구리를 적당히 구워줘."

"그건 괜찮은데, 뭘 어쩌려고요?"

"우리 아가씨의 식사 타임이야. 이대로 있다간 내가 점액 범벅의 매력남이 될 것 같거든. 어부바 담당을 바꿔준다면 괜찮겠지만 말이지."

내가 침으로 범벅이 된 손을 융융을 향해 내밀자 그녀는 눈썹 휘날리게 나와 거리를 벌렸다.

"히이익, 다가오지 마세요. 끈적끈적한 액체에는 나쁜 추억이 있단 말이에요! 금방 구워드릴게요!"

페이트포는 노릇노릇하게 구워진 개구리를 먹어치웠다.

우리 몫을 떼어내긴 했지만 거의 8할 이상을 혼자서 먹어 치운 것 같았다.

먼 곳에서 두웅 하는 폭발음이 들려오더니 연기가 하늘로 피어올랐다. 그 정신 나간 녀석이 일과인 폭렬마법을 쏜 것일까.

그건 이미 일상의 한 부분이기 때문에 이 마을 주민들은 딱히 놀라지도 않았다.

"보고 있기만 해도 배가 부를 정도로 잘 먹네."

"그런 것 치고는 너도 몸매에 볼륨감이 없…… 어이, 다짜고짜 공격하지 말라고!"

"네가 성희롱 발언을 관두면 나도 생각해볼게."

좀 놀렸다고 마법을 날리는 거냐.

"그건 그렇고, 너희가 적당한 타이밍에 길드에 있어서 다행이야. 너희가 없었으면 인원이 부족했을 거야."

"우연이 아니에요. 페이트포 양이 마음에 걸려서, 더스트 씨를 길드에서 쭉 감시하고 있었어요. 단순한 지인으로는 보이지 않는데, 대체 어디서 알게 된 거예요?"

"걱정이 된다기보다, 두 사람의 관계에 조금 흥미가 있거든요. 나이 차를 초월한 금단의 사랑일지라도 개인적으로는 대환영이니 안심하세요. 그런데 실제로는 어떤 사이인 거예요?"

융융과 로리 서큐버스가 호기심을 드러내며 캐묻기 시작했다.

다들 그렇게 신경이 쓰이는 거냐.

어제 따끔한 맛을 봤던 린은 더는 페이트포에게 미움 받고 싶지 않은 건지 입을 다물고 있었다. 하지만 흥미 없는 척을 하면서 귀를 쫑긋 세우고 있는 게 뻔히 티가 나거든?

이럴 때는 거짓말에 약간의 진실을 섞어서 이야기를 하면 신빙성이 있게 들리는 법이지.

"이 녀석은 옛날에 나쁜 놈들한테 유괴 당했거든. 내가 우연히 그 현장을 목격하고 구해줬는데, 그 후로 이렇게 나를 따르게 된 거야."

"여자애라면 누구나 동경할 상황이잖아요! 어릴 적에 그런 경험을 한다면 이상한 착각에 빠질 만도 해요. 납득했어요."

"사로잡힌 공주님 플레이인가요……. 수요가 있을 것 같네요."

한 사람은 납득의 방향성이 좀 문제가 있는 것 같지만 개의치 않기로 했다.

린은 비슷한 이야기를 어제 들어서 그런지 별다른 반응을 보이지 않는걸.

"더스트 씨. 전부터 궁금했던 건데, 액셀 마을에 오기 전에는 뭘 했었나요?"

융융이 질문을 한 순간, 린은 흥미가 없는 척 하면서 이쪽으로 다가왔다.

"저도 궁금했어요! 평소에는 인간 말종 쓰레기지만, 예의범절이나 격식을 제대로 차릴 때도 있잖아요. 귀족이나 왕족에 관해서도 해박하고요."

이 녀석한테 귀족이나 왕족에 대해 이야기한 적이 있나?

아니, 잠깐만 있어봐. 그러고 보니…… 예전에 술에 거나하게 취했을 때 음몽으로 왕이나 귀족 플레이를 할 때의 조언을 해준 적이 있어.

괜히 세세한 부분까지 이야기를 해줬던 것 같은 느낌이 드네.

"아~. 저기 뭐냐. 그게 말이야. 으으~, 잠깐만 이럴 때가 아니라고!"

어느새 우리는 수많은 몬스터에게 포위당했다.

이야기에 정신이 팔려서 주위를 제대로 경계하지 않은 것이다.

"이 많은 몬스터는 다 뭐야?!"

"게다가 여러 종류가 섞여 있어요! 여기는 액셀 마을 근처인데……."

"어쩌면 아까 폭렬음에 놀란 몬스터가 일제히 이쪽으로 도망온 것 아닐까요?"

그 폭렬걸 탓이냐!

몬스터 토벌 퀘스트를 아무도 받지 않아서 늘어난 몬스터가 일제히 이곳으로 몰려온 건가.

"페이트포, 이쪽으로 와! 빨리 나한테 업혀!"

"응."

이미 자이언트 토드 통구이를 다 먹어치운 점에 대해 태클을 날릴 여유는 없었다.

포대기를 꽉 조이고 페이트포를 업은 후 무기를 들었다.

도망칠 길을 찾고 싶지만 사방팔방을 완전히 포위당했다.

"융융은 뒤편에 있는 적을 한꺼번에 쓸어버려! 린, 로리사는 좌우에 있는 적을 막아. 나는 정면에 있는 적을 상대하겠어."

"그쪽에 몬스터가 가장 많잖아! 아이를 업고 있으니까 무리하지 마!"

"이 녀석이 있으니까 무리할 수밖에 없다고. 그렇게 걱정되면 빨리 그쪽을 정리하고 도와줘."

더는 이야기를 나눌 여유가 없어서 나는 검을 뽑아들고 몬스터와 대치했다.

고블린도 있었고 코볼트도 있었다. 보통은 함께 행동하지 않는 녀석들이 아까 폭발음 때문에 같이 도망친 건가.

"더스뜨, 더스뜨."

"미안하지만 지금 바빠. 이야기는 나중에 하자."

"짱은 안 써?"

"……뭐, 그럴 사정이 있거든."

이 녀석 앞에서는 항상 창을 썼지. 지금도 창 한 자루가 있다면 이야기가 달라지겠지만 이제 와서 아쉬워해봤자 아무 소용없다.

그런 생각을 하고 있을 때 몬스터들이 덤벼들었다.

"우왓, 위험해!"

나는 공격을 피하며 공격했다. 가볍게 휘두른 일격에 고블린이 그대로 두 동강 났다.

그대로 검을 옆으로 그어서 옆에 있는 코볼트의 목도 쳤다.

……아무리 조무래기 몬스터라도 너무 약한 거 아냐?

공격이 느려 터져서 여유롭게 피할 수 있었다.

"어떻게 된 거야? 컨디션이 끝내주나 보네!"

뒤편에서 린의 밝은 목소리가 들렸다.

적이 약한 게 아니라, 내 컨디션이 좋은 것뿐인가.

"더스프, 내 덕뿐."

등 뒤에서 약간 으스대는 목소리가 들렸다.

"……그래. 네가 내 곁에 있는데, 내가 질 리가 없지!"

나는 그 믿음직한 말을 듣고 몬스터 무리를 향해 몸을 날렸다.

7

고전할 거란 예상과 달리 손쉽게 눈앞의 몬스터들을 소탕한 나는, 밀리고 있는 다른 이들을 도우며 어찌어찌 모든 적을 해치우는데 성공했다.

"허억, 하아, 하아……. 평생 동안 할일을 다 한 것 같아.

이제 농땡이 피우며 살아도 되겠지?"

"이, 이제 한계야. 마력도 바닥났어."

"죄송한데, 저도 마법을 너무 많이 썼어요."

"더 힘을 썼다간 본업에 지장이 있을 거예요~."

나를 비롯해 다들 한계에 도달한 것 같았다.

다른 모험가가 농땡이를 피우는 영향이 이런 식으로 나타날 줄이야. 이걸로 한동안은 몬스터들도 얌전했으면 좋겠네.

우리는 지칠 대로 지친 몸을 억지로 움직여서 어찌어찌 길드로 돌아갔다.

밥이나 먹고 좀 쉬고 싶지만 그러려면 돈이 필요했다. 카운터 앞에 있는 루나를 발견한 나는 페이트포를 업은 채 그녀에게 다가갔다.

"일 마치고 왔어. 퀘스트 달성했으니까 빨리 돈 내놔."

"수고하셨어요. 예, 의뢰를 달성하셨군요. 받아주세요."

의뢰료를 확인해보니…… 너무 많은 거 아냐?

루나가 돈 계산을 틀리다니 드문 일도 다 있는걸. 뭐, 그냥 받아둬야지.

내가 그대로 아무 말 없이 돌아선 순간, 루나가 내 팔을 움켜잡았다.

"루나, 이게 무슨 짓이야?"

"방금 그 돈에는 다른 퀘스트의 보수도 포함되어 있어요. 성가신 일이 하나 더 발생했으니, 협력을 요청 드리고 싶어요."

평소와 마찬가지로 미소를 짓고 있지만 그 미소에서는 묘한 박력이 느껴졌다. 저 미소의 이면에 뭔가가 숨겨져 있는 게 분명해.

불길한 예감이 든 나는 거절하고 싶었지만—.

"저기, 거부권이 있긴 해? 성가신 일이라면 카즈마한테 맡기는 게 어때? 그 녀석은 성가신 일 전문이잖아."

내 절친은 문제만 일으켜대는 녀석들을 매일같이 상대하고 있는 인재다. 트러블 처리는 카즈마가 적임일 것이다.

"카즈마 씨는 현재 다른 일로 바쁘셔서, 지금 의지할 모험가는 더스트 씨 일행뿐이에요. 이걸 해결해주시면 더스트 씨 일행의 부담도 줄 테니, 좀 부탁드릴게요."

말투는 정중하지만 내 팔을 움켜쥔 루나의 손에서는 어마어마한 힘이 느껴졌다. 놔줄 생각이 눈곱만큼도 없는 것 같았다.

"알았어, 일단 듣기만 할게! 맡을지 말지는 그 후에 결정할 거라고!"

"감사해요. 실은 마을 안에서 묘한 언동을 하는 모험가분이 목격되고 있어요. 주민들의 원성이 자자할 정도죠."

묘한 언동?

이야기만 들어보고 거절할 생각이었는데 좀 신경이 쓰이는걸.

"자세하게 이야기해봐."

"예. 세레나 씨에게 푹 빠진 분들 말고도, 마을 안에서 난동을 부리거나 혼잣말을 늘어놓는 등, 기행을 저지르는 모험가가 있어요. 몇 명은 경찰의 신세를 지게 되어서 감옥에 갇혔죠."

"뭐야. 단순한 주정뱅이 아냐? 그런 녀석들이라면 한밤의 길드나 술집에 잔뜩 있잖아."

모험가들은 매일같이 술판을 벌이니까 정신을 놓을 정도로 취하는 녀석도 드물지는 않다.

"예. 길드 술집이라면 그나마 괜찮지만, 대낮부터 마을에서 난동을 부리고 있어요. 그렇게 되면 모험가 길드로서도 방치해둘 수는 없죠. 안 그래도 일손이 부족한데……."

"묘한 언동이라. 잡힌 녀석들한테 공통점은 없어?"

"으음, 딱히 없네요. 아, 우연이겠지만 난동을 부리던 모험가를 잡아준 사람은 바닐 씨였대요."

"나리구나. 그럼 나중에 이야기를 들으러 가볼까."

바닐 나리에게 이야기를 들을 거면 저 녀석들도 데려갈까. 몰래 갔다간 나중에 불평을 늘어놓을 테니까.

바닐 나리에게 가기 전에 우선 목격자에게서 이야기를 들어봤다.

린은 여전히 나리를 좀 거북하게 여기는지 동행하지 않고 길드에서 기다리기로 했다.

정보를 모아본 결과, 안 것은 모험가만이 아니라 마을 주민 몇 명도 난동을 부렸다는 사실이다.

"으음. 이성을 잃고 날뛰거나, 뚱딴지같은 방향을 쳐다보며 고함을 질러댄 것 같아요."

예상대로 따라온 융융이 메모장을 한손에 든 채 의욕을 보였다.

아무래도 최근에 탐정이 활약하는 소설을 읽었는지 융융은 마치 탐정이라도 된 것처럼 행동하고 있었다.

"술에 취했다기보다, 환각 마법에 걸린 듯한 행동이네요. 혹은 저주 같은 것에 걸린 걸지도 몰라요."

나를 따라온 또 한 사람— 로리 서큐버스는 정신에 관여하는 마법을 쓸 수 있기 때문인지 바로 감이 온 것 같았다.

악마니까 저주에 관한 지식도 가지고 있을 것이다. 어쩌면 로리 서큐버스의 말이 정답일지도 모른다.

"어디 사는 마법사가 마을 안에서 재미삼아 마법을 마구 써댔거나, 저주가 발생한 걸까? 액셀 마을에서 무차별적으로 마법을 쓸 녀석이라면…… 한 명 정도 짚이는 녀석이 있긴 하지만, 그 녀석이 쓸 줄 아는 마법은 하나뿐이잖아."

융융 쪽을 힐끔 쳐다보니 마치 자기 일처럼 부끄러워하며 몸을 웅크렸다.

내가 누구를 이야기하는 건지 눈치챈 것 같았다.

"그렇다면, 저주일까? 교회에 가서 이야기를 들어볼까. 여기서는 아쿠시즈 교회가 가깝지만…… 에리스 교회에 가보자."

전원이 힘차게 고개를 끄덕였다.

일부러 이야기를 복잡하게 만들 필요는 없으니까 말이다. 아쿠시즈 교도와 얽혀서 좋을 게 없다는 건, 다들 경험을 통해 알고 있는 것이다.

교회에 도착하자 로리 서큐버스가 우리와 떨어졌다. 멀찍이서 지켜보기만 할 생각인 것 같았다. 아쿠시즈교와 에리스교는 악마를 질색하는 걸로 유명하니까.

교회의 문을 두드리니 안에서 프리스트 복장을 한 여성이 나왔다.

"무슨 일이시죠. ……아앗, 다들 빨리 와 보세요! 그 괘씸한 인간이 질리지도 않고 또 왔어요!"

"왜 그렇게 고함을…… 아아아아앗! 에리스 님을 모욕한 천벌 받아 마땅한 놈이……!"

상대방은 내 얼굴을 보자마자 다짜고짜 달려들었다.

"뭐하는 거야?! 선량한 시민을 폭행하려고 하다니, 배짱 한 번 좋네!"

"누가 선량한 시민이란 거죠?! 지난번의 폭언을 잊은 건 아닐 테죠?!"

왜 이렇게 화를 내는 걸까. 폭언 같은 뚱딴지같은 소리를 늘어놓는데, 나는 그런 적이 없어.

"어이, 성직자 님이 말도 안 되는 트집을 잡지 말라고."

"이 남자, 진짜로 잊은 거야? 말도 안 돼."

"지금 생각해볼 테니까 잠시만 있어봐. 아~, 그거 말이구나. 돈 없을 때 공짜 밥을 몇 그릇이나 얻어먹어놓고, 간이 심심하네 하며 트집을 잡았던 거 말이지? 아니면, 에리스 교도인 할아버지에게 여신 에리스와 만났던 이야기를 해주고 후원자로 삼으려고 했던 것 때문이야?"

"더스트 씨, 당신이란 사람은 정말⋯⋯."

융융이 모멸에 찬 눈길로 나를 쳐다보았다.

네가 나한테 질리면 어떻게 하냐고.

"⋯⋯그것만이 아니죠?"

"「에리스교 프리스트의 신앙심과 가슴 크기는 반비례한다는 게 사실인가 보네요. 우햐~햐햣!」 같은 소리를 한 건, 내가 아니라 키스라고."

"⋯⋯그때 두들겨 팬 사람은 제가 아니라 마리스예요. 그것 말고도 더 있을 텐데요?"

웃으면서 저렇게 대꾸를 하니 오히려 더 무섭네.

그것 말고 더 있었나? 딱히 생각나는 건 없는데⋯⋯.

"없어."

"다크니스 님과 같이 와서 「여신 에리스는 가슴에 뽕패드를 넣었다는 소문이 있던데, 그런 여신을 모시는 교도가 글래머라면 파문당해야 하는 거 아냐? 아니, 그것보다 그 가슴은 진짜야? 두 분 혹시 뽕패드를 하고 있는 거 아닌가요~?! 아니라면 지금 즉시 가슴을 까서 증명해보라고!」 같은 말을 했던 걸 설마 잊은 건 아니겠죠?"

상대방은 일부러 내 성대모사까지 하면서 열변을 토했지만 전혀 생각이 나지 않았다.

"그런 일이 있었어?"

내가 생각이 나지 않아서 고개를 갸웃거리자 전력을 다한 오른손 스트레이트가 내 안면에 꽂혔다.

"인마, 프리스트라는 인간이 남을 두들겨 패도 되는 거냐?!"

"에리스 님과 여자의 존엄을 상처 입힌 인간은 언데드와 똑같은 취급을 당해도 싸요! 제가 지금 그렇게 결정했어요!"

"어이, 이렇게 떼로 몰려와서 폭력을 휘두르는 건 비겁하잖아! 신을 모신다는 자들이 이렇게 조그마한 애 앞에서 폭력을 휘둘러도 되는 거냐? 이 동그란 눈동자를…… 융융? 어이, 페이트포를 데리고 가지 마!"

뒤를 돌아보니 페이트포를 안아든 융융이 멀찍이 떨어져 있는 로리 서큐버스를 향해 걸어가는 모습이 눈에 들어왔다.

에리스 교도에게 완전히 포위당한 나는 완전히 퇴로를 막히고 말았다.

"우선 차분하게 이야기를 나눠보지 않겠어? 여신 에리스께서도 무익한 다툼을 선호하진 않으실 거라고."

""" 시끄러워!"""

"젠장, 사람을 이렇게 자근자근 밟아놓고 힐도 걸어주지 않는 거냐. 너무하잖아."

프리스트라는 인간이 경련을 일으키며 지면에 쓰러져 있는 나를 깔끔하게 무시한 채 교회에 들어갔다.

겨우겨우 몸을 일으키자 멀찍이서 지켜보고 있던 다른 녀석들이 다가왔다.

이 녀석들도 진짜 매정하네.

"더스트 씨 탓에 이야기를 제대로 들어보지도 못했잖아요."

"에리스교를 적으로 돌리다니, 참 대단하네요."

"영짜, 영짜."

어이없어 하는 이도 있는가 하면, 감탄하는 이도 있었으며, 또한 아무 말 없이 내 등에 올라타서 포대기를 직접 장착하는 이도 있었다. 거기가 자신의 지정석이라고 생각하는 것 같네.

"문제는 이제부터 아쿠시즈교의 교회에 이야기를 들으러 갈지, 아니면 그냥 무시할지야. 다수결로 정하자. 아쿠시즈교의 교회에 가는 데 찬성하는 녀석은 손을 들어."

아무도 손을 들지 않아서 우리는 일단 나리에게 가보기로 했다.

"시, 실례합니다."

"바닐 님, 혹시 도울 일은 없나요?"

"나리, 좀 물어볼 게 있는데 말이야."

마도구점의 문을 열자 향긋한 냄새가 코끝을 스쳤다.

바닥에는 평소와 마찬가지로 시꺼멓게 탄 점주, 위즈가 굴러다니고 있었다.

"흠, 도움이 되고 싶다면 바닥에 굴러다니는 저 쓰레기나 버리고 와라."

"예~, 알았어요~. 흐~흐흥~."

로리 서큐버스는 웃으면서 익숙한 손놀림으로 위즈를 어딘가로 옮겼다.

"외톨양아치도 왔나. 지금은 바쁘니, 괜한 소리는 나중에 하도록."

"외톨양아치?! 더스트 씨와 세트로 취급하지 말아주세요!"

나리는 작명센스가 괜찮네.

"참고삼아 묻는 건데, 위즈는 무슨 사고를 친 거야?"

"잘 물어봤다. 이 쓰레기 점주는 이 몸이 포션 재료로 쓰려고 대량으로 들인 만드라고라를, 아니나 다를까 이웃들에게 공짜로 받은 채소로 착각해서…… 무료로 나눠줬다!"

"만드라고라는 뽑을 때 비명을 지르는 희소한 식물형 몬스터지? 그 비명을 들으면 죽는다며?"

"그렇다. 무료로 나눠준 것도 열 받지만, 그것보다 더 큰 문제가 있다. 적절한 처치를 하면 고가의 약이 되지만, 그냥 먹으면 해가 되지. 나눠준 만드라고라 중 일부는 회수했는데, 일부는 행방을 몰라서 난처한 참이다."

혼나도 싼 짓을 했네.

귓가에서 신음소리가 들려서 허둥지둥 돌아보니 무서운 표정을 지은 페이트포와 시선이 마주쳤다.

"더스뜨, 저 남자는 위엄애."

"어이쿠, 신기한 걸 짊어지고 있구나. 호오, 이런 장소에서 보게 될 줄이야."

바닐 나리는 페이트포가 노려보는데도 전혀 겁먹지 않고 얼굴을 내밀었다.

코앞에 있는 상대방을 노려보는 여자아이, 그리고 입가에 미소를 머금고 있는 가면 쓴 남자……. 남들 눈에는 기묘한 광경처럼 보일 것이다.

"괜찮아. 나리는 악마이고, 성격에 문제가 있는 데다, 유해 그 자체라고 해도 과언이 아니지만, 적대는 하지 않아. 그러니까 안심해."

"……더스뜨의 말을 미들께."

페이트포가 금방이라도 나리에게 달려들 줄 알았는데, 아무래도 참는 것 같았다.

하지만 역시 나리는 대단한걸. 페이트포를 한 눈에 알아봤잖아.

"바쁠 때에 시간을 빼앗아서 미안한데, 나리가 마을 안에서 난동을 피우는 모험가를 제압한 이야기를 자세하게 듣고 싶어서 찾아온 거야."

"그 일 말이냐. 이 몸이 만드라고라를 회수하러 다니다, 괴성을 지르며 난동을 부리는 자가 있어서 겸사겸사 해치웠을 뿐이다."

우연히 마주친 건가. 이래서는 도움이 될 만한 정보를 얻지는 못할 것 같군.

"뭐, 그 증상이 만드라고라를 먹었을 때와 흡사한 게 신경 쓰였지만, 사소한 일이겠지."

"흐음, 그렇구나. ……나리, 잠깐만 있어봐. 그럼 만드라고라를 먹은 증상이 맞는 거잖아."

나는 이 사태의 원흉을 찾아내고 말았다.

이걸로 추가 퀘스트 달성……이라고는 할 수 없나.

"저기, 행방이 묘연한 만드라고라는 얼마나 되나요?"

"흠. 듣자하니, 무료로 나눠주던 만드라고라를 대량으로 강탈해간 괘씸한 자가 있었다고 하더군. 남은 건 아마 그 녀석들이 확보하고 있을 거다. 하지만 꽤 성가신 상대라서 말이지……."

나리가 성가시다고 말할 정도면 장난이 아니잖아?

쉽게 처리할 수 있는 일이라고 생각했는데 아무래도 그렇게 간단히 해결되진 않을 것 같네.

"바닐 님이 경계하는 그 상대는 대체 누구죠?"

"만드라고라를 가져간 건 하필이면…… 아쿠시즈 교도들이다."

""""아~.""""

다들 그 말을 듣고 납득했다.

악마의 천적이라 해도 과언이 아닌 상대다.

나도 가능하면 그 녀석들과 얽히고 싶지 않지만 불행하게도 요즘 들어 자주 얽히고 있다.

카즈마네 파티의 아쿠아는 물론이고, 엘로드에서는 아쿠시즈교의 최고책임자라는 제스터와도 만났다.

솔직히 말해서 더는 그 녀석들과 얽히고 싶지 않다.

"음. 마침 이 자리에는 딱 적당한 자가 있군. 그 골이 텅텅 비고 어리석은 신을 믿는 집단에게서 만드라고라를 되찾아 주지 않겠느냐? 그렇게 해준다면 톡톡히 사례하지."

"나리의 부탁은 받아주고 싶지만, 나도 그 녀석들이라면 딱 질색이거든."

"저, 저도 가까이 하고 싶지 않아요."

로리 서큐버스도 머뭇거리며 손을 들었다. 나리의 말에는 무조건 따르는 이 녀석도 아쿠시즈 교도와는 얽히고 싶지 않은 것이리라.

"저기~. 만드라고라를 대량으로 가져간 프리스트의 특징은 듣지 못했나요?"

"흠. 아쿠시즈교의 신관복을 입은 여자였고, 「오랜만에 우 뭇가사리 슬라임 말고 다른 걸 먹을 수 있겠네」 같은 소리를 했다더군."

음? 방금 한순간 온몸에 소름이 돋았어. 내가 아는 사람 중에 그런 녀석이 있는 것 같은데······.

덜컹 하는 소리가 들려서 옆을 바라보니 머리를 움켜쥔 융 융이 그 자리에서 털썩 주저앉은 채 한숨을 내쉬고 있었다.

"갑자기 왜 그래? 썩은 도시락이라도 주워 먹어서 배가 아픈 거야? 위험한 냄새가 나면 조심하라고. 그리고 시큼한 것도 아웃이야."

"저는 더스트 씨처럼 살지는 않으니까 그런 조언 필요 없 어요. 저기 말이죠. 그 사람은 제 지인일지도 몰라요. 언동 이 익숙하거든요····· 유감스럽게도요."

"그런가. 그렇다면 친구로서 부탁을 들어주지 않겠느냐? 이 몸에게는 이럴 때 의지할 친구라고는 그대뿐이다."

"맡겨만 주세요! 치, 친구의 부탁을 거절할 수는 없으니까요!"

"'쉬운 애네.'"

몰래 웃고 있는 나리를 본 나와 로리 서큐버스는 한 목소 리로 그렇게 말했다.

나로서도 잘 됐기에 이대로 일을 추진하기로 했다.

우리는 곧장 아쿠시즈교의 액셀 지부가 있는 교외의 교회로 향할 줄 알았는데, 어찌된 영문인지 상류층이 사는 부자 동네로 향하고 있었다.

어째서 아쿠시즈교의 교회 위치를 알고 있냐면 마을 사람들이 거기는 절대 가지 말라고 한사코 경고하기 때문이다.

특히 어린아이들에게는 부모가 따끔하게 말해두기 때문에, 아무도 그곳에 다가가지 않았다.

"그런데 그 프리스트는 여기 사는 거야? 아쿠시즈교는 가난한 이미지인데. 어이, 말도 안 돼……. 이건 완전 저택이잖아!"

내 눈앞에는 거대한 저택이 있었다. 카즈마의 저택도 꽤 크지만 거기는 비교조차 안 될 만큼 호화로운 저택이었다.

진짜로 쪼잔한 프리스트가 이런 곳에 살고 있는 건가?

"이런 저택에 살면서, 채소를 강탈한 건가요?"

로리 서큐버스가 그런 의문을 품는 것도 당연했다. 나도 같은 생각을 했다.

"으음, 여기는 단원…… 저의 지인이 빌린 집이랄까, 아지트 같은 곳인데, 그 사람은 어느새 여기에 눌러앉았어요. 아마 교회보다도 여기 있는 시간이 길 거예요."

지금은 아직 점심때다. 아쿠시즈교의 프리스트라면 무료 배식이나 뭔가 활동을 할 시간대였다. 그런데 그 프리스트는 아무것도 하지 않고 농땡이를 피우는 건가.

"성직자가 그래도 되는 거야? ……뭐, 아쿠시즈교라면 그러고도 남긴 해.”

“아쿠시즈교니까요.”

곰곰이 생각해보니 아쿠시즈교라면 그러고도 남을 것 같았다.

납득을 하며 저택의 입구로 이동하자 로리 서큐버스가 뒷걸음질을 쳤다.

“저는 여기서 기다릴 테니, 여러분만 다녀오세요.”

“좀 이상한 구석이 있지만, 그렇게 나쁜 사람…… 착한 사람, 은 아니긴 해. ……으음, 아마 괜찮을 거야.”

“좀 더 자신감을 가지고 말해. 그래서는 불신만 늘어날 뿐이라고. 로리사는 아쿠시즈교와 악연이 있거든. 좀 좋지 않은 추억이 있어. 뭐, 나도 아쿠시즈 교도 관련은 빌어먹을 추억뿐이지만 말이야.”

“……저도 마찬가지예요. 강요는 좋지 않죠. 알았어요. 로리사 양은 거기서…… 앗.”

깜짝 놀란 융융의 시선이 향하는 곳에는 한 프리스트가 있었다.

치켜든 두 손의 손가락을 꼼지락거리면서 음흉한 표정으로 로리 서큐버스에게 다가가고 있었지만 로리 서큐버스는 눈치채지 못했다.

그리고, 그대로 뒤편에서 덥석 끌어안았다.

“어엇?!”

"로리 소녀 확보! 자, 입교할래요? 아니면 입교할래요? 혹은 입교할래요? 로리 소녀 포지션은 비어있으니 안심해!"

"끄아아아아앗!! 사, 살려주세요~! 아쿠시즈교에 강제로 입교당하겠어요! 입교당한다고요오오오!"

여자 프리스트는 버둥거리는 로리 서큐버스를 꼭 끌어안더니 한사코 놔주지 않았다.

마음 같아서는 도와주고 싶지만 상대방의 얼굴을 보니 주저됐다. 최악의 예상이 맞아떨어진 것이다.

"세실리 씨, 놔주세요! 그 아이는 입교희망자가 아니에요. 그리고 여기는 교회가 아니라고요."

저 여자 프리스트의 이름은 세실리인 건가.

몇 번 마주친 적이 있지만 이름은 몰랐다.

"어머, 그것도 그러네. 요즘 들어 교회보다 여기서 뒹굴거리는 시간이 길어서 그런지, 이 언니가 착각했어. 에헷."

세실리는 자기 머리에 살며시 꿀밤을 날리며 혀를 쏙 내밀었다.

저 여자는 카지노 대국 엘로드에서 만났던 문제아 아쿠시즈 교도 중 한 명이다.

"너, 저 인간과 아는 사이야?"

"예, 이런저런 일이 있었거든요."

"융융 양도 왔구나. 이리스 양, 메구밍 양에 이어 새로운 로리 소녀를 동료로 삼는 거네."

"저, 저기, 세실리 씨! 그 일은 비밀이라고 말했잖아요!"

동료? 게다가 방금, 이리스라고 말했지? 이리스라면 베르제르그 왕국 제1왕녀, 아이리스의 가명이잖아.

아~ 그렇게 된 거구나. 전에 메구밍과 이리스, 융융이 뭔가 일을 벌이는 것 같았어. 그때는 내 정체를 조사해서 소문의 그 드래곤나이트가 맞다면 동료로 삼겠다, 같은 소리를 했었지.

이 저택도 아이리스의 권력으로 손에 넣은 거라면 납득이 된다.

"음란한 핑크색 머리카락과 볼륨감이 절제된 몸이 정말좋네. 이 언니의 취향이야! 어, 하지만 이 냄새는⋯⋯."

"나, 나주세요오오오! 살려줘요, 더스트 씨! 더스트 씨—!"

로리 서큐버스가 절규를 지르며 버둥거리고 있었다. 아쿠시즈 교도의 총본산이기도 한 아르칸레티아와 엘로드에서의 일 때문인지, 아쿠시즈 교도는 로리 서큐버스의 트라우마가 된 것 같았다.

세실리는 그런 반응을 개의치 않고 로리 서큐버스의 머리와 목덜미에 얼굴을 묻고 냄새를 맡아보더니 고개를 갸웃거렸다.

후각이 얼마나 좋은 건지는 모르겠지만 전에 제스터도 냄새로 악마를 구별할 수 있다고 말했다. 이대로 두는 건 위험하려나.

"어이, 변태 프리스트. 로리사한테서 떨어져. 우는 게 안 보이냐."

"감사해요~. 무서웠어요~."

진심으로 울고 있잖아. 무서웠다는 건 알겠지만 내 품에 안겨서 콧물과 눈물을 내 옷에 닦지 말라고.

"여자애가 울다니, 이 언니는 충격 받았어. 하지만 겁먹은 얼굴의 여자애를 보면 구미가 당기지 않아?"

아쿠시즈교는 진짜로 어떻게 하는 편이 좋지 않을까.

벌게진 얼굴로 하악하악 거리고 있는 모습이 정말 변태 그 자체였다.

"동의를 구하지 말아주세요! 그런 이야기를 하러 온 게 아니거든요?! 세실리 씨, 최근에 채소를 공짜로 잔뜩 얻었죠?"

채소가 만드라고라라는 걸 알면 악용하거나 되팔이를 할 우려가 있기 때문에 평범한 채소인 척을 하고 이야기를 나누기로 했다.

까딱 잘못하면 채소인 줄 알고 나눠준 위즈나 바닐 나리가 죄를 뒤집어쓰게 될 가능성도 있다.

"아, 그거 말이구나. 박복해 보이는 여자가 채소를 대량으로 나눠주고 있길래, 잔뜩 낚아채서 도망치듯 입수했거든? 그게 왜? 이제 와서 돌려달라고 해봤자 이미 없어."

"어, 이미 없나요? 저기, 받은 채소를 어떻게 했는데요?"

"그게 말이야. 먹을까도 했는데, 사람 같이 생겨서 꺼림칙

하지 뭐야. 그래서 무료 배식용 재료로 썼어. 요즘 세레나라는 수상한 프리스트가 모험가들에게 꼬리치며 신도를 늘리고 있잖아? 걔한테 대항해 아쿠시즈교로 사람들을 모으기 위해서, 우리도 에리스교처럼 무료 배식을 시작했거든."

"자기가 먹기 꺼림칙한 걸 무료 배식에 쓰지 말라고!"

"어, 무슨 소리를 하는 건지 모르겠네."

"시치미 떼지 마! 딱히 어려운 이야기는 안 했다고!"

역시 아쿠시즈교는 딱 질색이야. 특히 이 녀석과 제스터는 이야기를 나누기만 해도 피곤해.

"이상은 없는지 시식을 하긴 했거든? 항상 음담패설만 늘어놓던 신도가 맛에 감동한 건지 벽에 박치기를 해대며 「기분 좋아!」라고 외쳐대기만 했을 뿐이니까, 딱히 문제는 없어."

"……문제가 차고 넘치네요."

내 등 뒤에 숨은 로리 서큐버스가 그렇게 중얼거렸다.

무서워하면서도 태클은 날리네.

이것으로 사람들이 난동을 부린 이유가 해명됐다.

"그 채소, 혹시 아직 남아 있는 거야?"

"어? 너는 어딘가에서 나와 만난 적 있지 않아?"

"인마, 아직도 내 얼굴을 못 외운 거냐. 얼마 전에 엘로드에서 만났잖아."

"아~. 그랬구나. 미남과 미소녀 말고는 기억하지 않으니까, 까맣게 잊었어. 하지만 이제 괜찮아. 귀여운 은발 여자아이를 업은 누군가로 기억해둘게."

이 녀석, 내 등 뒤만 쳐다보는 거냐. 작고 귀여우면 뭐든 오케이인 거냐고.

저 시선에서 위험한 무언가를 느낀 페이트포가 내 등을 꼭 움켜잡고 찰싹 달라붙었다.

"저 인간 앞에서 내려놓지는 않을 테니까 안심해. 너만은 반드시 지켜내겠어."

"응."

"저도 지켜주세요! 왜 페이트포 양한테만 상냥한 거예요?! 편애는 좋지 않다고 생각해요!"

로리 서큐버스도 내 등에 들러붙어서 한사코 떨어지지 않았다.

"아무튼, 남은 채소는 없는 거지?"

"으, 응. 물론이야. 전부 다 썼어. 그러니까 만일 무슨 일이 벌어지더라도 증거는 없어! 나는 관여하지 않았거든?! 무죄란 말이야!"

"태도를 보아하니…… 너, 마을에서 소동이 벌어졌다는 걸 알고 있는 거지?"

……노골적으로 수상하네.

방금 그건 자신들이 사고를 쳤다는 사실을 알고 있는 자의 반응이다.

불안한 듯 시선이 쉴 새 없이 움직이는 모습은 수상하기

짝이 없었다.

"무, 무슨 소리를 하는 건지 모르겠군요. 저는 경건한 신도라서 이제부터 예배를 드려야 한답니다. 죄송하지만, 이제 그만 돌아가—."

"세실리 씨, 시킨 대로 예의 그 이상한 채소를 숲에 버리고 왔어. 약속했던 보수는 언제 줄 거야?"

대화에 끼어든 이는 수레를 끌고 있는 중년의 아저씨였다. 머리에 붕대를 감고 있는 것을 보면 시식을 했다는 그 음담패설 신도인가.

방금 그 발언을 듣고 추측한 끝에 나온 결론은 하나였다.

"어이, 증거인멸을 한 거냐!"

"무, 무슨 소리를 하시는 건지 모르겠군요. 노망이 나기에는 아직 이르지 않나요? 자, 우뭇가사리 슬라임을 줄 테니까, 빨리 꺼져! 꺼지란 말이야!"

"약속이 다르잖아. 신입 프리스트의 갓 벗어서 따끈따끈한 속옷을 주기로 약속—."

세실리는 그 아저씨에게 우뭇가사리 슬라임 분말이 든 봉투를 억지로 쥐어주더니 벌레를 쫓듯 쫓아냈다.

문제는 산더미라도 일단 퀘스트는 해결했다고 보면 될까. 숲에 버린 것은 나중에 찾아야겠지만 이걸로 더는 마을 안에서 피해가 발생하지 않을 것이다. 아마도……

"이걸로 해결됐네. 좋아~. 나리한테 돈을 받은 후, 밥이라도 먹으러 가자."

"하, 하지만 피해자가 더 있을지도 모르잖아요. 그리고 길드가 납득할까요? 게다가 바닐 씨가 이걸로 해결됐다고 인정해줄지 모르겠네요."

듣고 보니 의뢰료를 받기에는 여러모로 좀 미묘했다.

피해의 원인을 찾아내서 해결하는 것이 이번 의뢰의 내용인 것이다.

무보수 노동은 좀 그렇지. 역시 제대로 마무리를 짓는 편이 좋을까.

"그럼 그걸 먹고 난동을 부리는 녀석을 두세 명 정도 잡아서 끌고 가는 건 어떨까? 어이, 거기 있는 비린내 프리스트."

"혹시 나를 말하는 거야?"

"너 말고 누가 있냐고. 무료 배식을 다른 데서 하지는 않았어? 아니면 채소를 다른 사람한테 줬다든가 말이야. 이제 거짓말을 하지 말라고."

"아쿠아 님께 맹세코 거짓말은 안 했어. 무료 배식은 우리만 했고, 그걸 먹은 사람은…… 앗! 으음, 아까 맹세의 대상을 제스터 님으로 변경해도 돼?"

"당연히 안 되지! 또 거짓말을 늘어놓을 속셈인 거냐! 자, 빨리 솔직하게 털어놓으라고."

이 녀석은 거짓말이 진짜 서투네.

세실리를 몰아세워서 만드라고라의 행방을 알아낸 후 우

리는 현장으로 향했다.

"이대로 가다간 따라잡히고 말 거예요!"

"따라잡히면 따끔한 맛을 보게 될 거예요오오오! 도, 도 망쳐야 해요!"

"혀 깨물기 싫으면, 입 다물고 뛰어!"

나는 현재 커다란 냄비를 들고 전력질주를 하고 있었다.

융융과 로리 서큐버스는 필사적인 표정으로 나와 나란히 뛰고 있었다.

그리고 등 뒤에서 쫓아오는 단체는…… 에리스교의 프리스트들이다.

"거기 서세요! 지금 바로 멈추면, 자비를 베풀어 용서하겠어요!"

"식칼을 휘두르면서 그런 소리 해봤자, 설득력 없다고!"

이런 상황에 처한 데는 이유가 있었다.

세실리가 무료 배식을 하려는데 식재료가 만드라고라뿐인지라, 에리스 교도에게 만드라고라를 떠넘기고 고기를 강제로 빼앗았던 것이다.

그 점을 설명하고 배식을 막으려 했지만 에리스 교도가 우리 말을 들은 척도 하지 않았다. 결국 이렇게 음식이 든 냄비를 강탈한 것이다.

"잡혔다간 무슨 짓을 당할지 몰라! 죽을힘을 다해 뛰어!"

어찌어찌 에리스 교도를 따돌린 우리는 냄비 안의 내용물을 처분한 후, 다음 목적지로 향했고…… 현재 또 전력질주 중이었다.

"아쿠시즈교를 얕보지 말라고, 이 채소 도둑놈들아!"

등 뒤에서 고함소리와 함께 흙먼지가 피어올랐다.

뒤를 힐끔 돌아보니 열 명이 넘는 아쿠시즈 교도가 분노에 찬 표정으로 쫓아오고 있었다.

"왜 돌려달라고 설명하지 않은 거죠?! 이렇게 강탈할 필요는 없잖아요!"

"저 녀석들은 나를 보자마자 금발 양아치라고 지껄였어! 쓸데없이 교섭할 바에야, 확 강탈하는 게 손쉬워. 아쿠시즈 교도 상대로는 좀 거칠게 나가도 경찰들이 눈감아주니까, 걱정 말라고!"

"그런 문제가 아니잖아요! 만사가 귀찮아서 함부로 일 좀 벌이지 마세요! 그러다 바닐 님에게 혼나도 저는 몰라요!"

처음에는 나도 채소를 돌려달라고 부탁해봤다. 하지만 이 녀석들은—.

"받은 채소를 돌려줄 이유가 없거든? 정 돌려받고 싶으면…… 알지? 얼음장 같은 눈길의 로리 소녀가 내 엉덩이를 자근자근 밟으며 독설을 해준다면, 한번 생각해보겠어."

"저기 있는 언니의 가슴을 한 번 주무르게 해줄 때마다

한 개씩 돌려주는 건 어때?"

"달콤한 목소리로 주인님~이라고 말해주면 한번 생각해보겠어."

욕망에 찬 요구를 해댄 것이다. 세실리한테 공짜로 받은 걸 가지고 이러다니, 진짜 뻔뻔한 녀석들이다.

그래서 순순히 시키는 대로 하는 척 하며 채소를 가져오게 한 후, 그대로 강탈해서 도주했다.

"범죄자니까, 잡은 후에는 마음대로 해도 되겠지? 나는 로리 소녀에게 언변 능욕을 하겠어!"

"앗, 이 약아빠진 자식! 그럼 저 얌전해 보이는 애한테는 내가 성희롱을 하겠어!"

"나는 저 형씨의 온몸을 마구 더듬고 싶어요!"

······당치도 않은 소리를 늘어놓네. 등골에 소름이 돋았어.

이래서 아쿠시즈교와는 얽히고 싶지 않았던 거라고!

"저 사람들, 에리스 교도보다 더 심한 짓을 할 것 같지 않아요?!"

"아쿠시즈교, 싫어어어어엇!! 바닐 님, 구해주세요오오오!!"

두 사람은 내가 건네준 만드라고라를 안아든 채 울먹거리며 필사적으로 뛰었다.

"다리가 떨어져 나가도 괜찮으니까, 전력으로 뛰어! 잡혔다간 내일 해를 못 볼 거라고 생각해!"

우리는 죽을힘을 다해 액셀 마을 안에서 도망 다녔다.

9

9

"……이런 식으로, 꽤 열심히 했다고."

나는 탄 냄새가 희미하게 남아있는 마도구점에서 결과를 보고했다.

융융과 로리 서큐버스는 지칠 대로 지쳤는지 바닥에 널브러져 있었다. 때때로 경련을 일으키는 것을 보면 아직 살아 있는 것 같았다.

"소동이 더 커질 일은 없겠군. 일단 안심해도 되겠지. 그럼 사례를 하도록 할까."

"고마워, 나리. 그럼 무슨 일 있으면 또 말해."

"흠. 이 몸한테는 없겠지만, 머지않아 네놈이 이 몸에게 부탁할 일이 생길 것 같군."

나리는 또 의미심장한 소리를 했다.

"뭐, 그렇게 되면 잘 부탁할게."

나는 가까운 시일 내에 이곳에 또 올 거라 생각하며 마도구점을 나섰다.

"저는 바닐 님의 일을 도울래요~."

"그래? 그럼 다음에 봐. 융융은 어떻게 할 거야?"

"어, 으음. 저는 메구밍을 만나러 갔다 올게요. 아이를 업고 있는 더스트 씨와 같이 다니다간, 이상한 소문이 돌 것

제2장 저 배고픈 여자아이에게 포만감을 〈157〉

같거든요……. 변변치 못한 양아치 남편에 애까지 있다는 소문이 돈다면, 친구한테 버림받을 뿐만 아니라 얼굴을 들고 돌아다니지도 못할 거예요."

이 녀석은 아무래도 상관없는 걱정을 하네.

어차피 친구가 없으니까 그런 걱정은 할 필요 없잖아.

가게 앞에서 로리 서큐버스, 융융과 헤어진 나는 모험가 길드로 돌아가서 보고를 했다.

"수고하셨어요. 그렇다면 소동이 더 커질 일은 없겠군요. 감사해요."

이것으로 의뢰는 완수했다. 나리와 길드 측으로부터 돈을 받았으니 꽤 짭짤한 의뢰였는걸.

평소 같으면 이 돈을 흥청망청 썼겠지만 아까부터 등 뒤에서 꼬르륵~ 하는 소리가 계속 들려왔다.

"더스뜨, 배고빠."

"알아."

하아…… 이 돈으로 몇 끼나 때울 수 있으려나.

새끼새에게 먹이를 주는 어미새의 심정이 이럴까. 식비를 벌기 위해 일을 하는 느낌이 드는걸.

"썽가셔?"

어이쿠, 얼굴에 드러났나 보네. 페이트포가 슬픈 표정으로 나를 지그시 응시했다.

"그럴 리가 없잖아. 너와 내가 그런 걸 신경 쓸 사이냐고."

그 말을 듣고 환하게 웃는 페이트포의 얼굴을 보니 걱정 따위는 싹 사라졌다.

"어, 돌아왔구나. 어땠어?"

린이 가게 구석에서 손을 흔들고 있었다.

나는 페이트포를 등에서 내려준 후 린을 향해 함께 걸어갔다.

"아, 무사히 해결했어. 돈은 들어왔지만, 이건 이 녀석의 식비야."

"나도 알아. 빼앗을 생각은 없으니까 안 숨겨도 돼. 그것보다 테일러와 키스에 관한 일로 상의할 게 있어."

웨이트리스에게 주문을 하고 있는 페이트포에게서 조금 떨어진 곳으로 이동한 나는 린과 얼굴을 마주했다.

아까 일로 까맣게 잊었지만 당일에 약속을 깼던 그 녀석들에게 따끔한 맛을 보여준다는 걸 깜빡했다.

"그게 말이지. 어찌 된 영문인지 그 두 사람 다 세레나와 쭉 같이 있지 뭐야."

"어엉? 혹시 우리 파티를 관두고 세레나와 같이 다닐 작정인 거야? 여자의 매력 면에서 그쪽이 나은 건 이해하지만, 그래도 너무하잖아. 이쪽과 다르게 가슴과 엉덩이가 끝내주니까, 그 심정은 이해가…… 우왓?!"

나는 린이 아무 말 없이 휘두른 지팡이를 양손바닥 사이에 끼워서 막아냈다.

홋, 전사인 내가 마법사의 물리공격에 몇 번이나 당할 것 같아?

"무르다고, 린. 내가 그렇게 쉽게…… 멍청아, 이 거리에서 마법을 날리지 마!"

눈앞에 있는 지팡이의 끝에 맺힌 마법의 빛이 서서히 커져갔다.

이 녀석, 지팡이를 휘두르며 마법을 영창한 거냐.

"페이트포 양이 있으니까 봐줄게. 아무튼, 이야기를 계속해도 돼?"

"잘 부탁드립니다."

무표정한 얼굴과 눈이 무시무시해.

"네가 사라진 후, 그 두 사람을 찾아서 이야기를 나눠봤어. 그랬더니「우리는 세레나 님을 호위하느라 바빠」, 「악한으로부터 지켜드려야 해」 같은 소리만 계속 늘어놨어. 진짜로 이상해. 정상이 아냐."

"키스는 동정이었던 기간이 너무 길어서 그렇게 되어버려도 이상하지 않지만, 테일러는 말도 안 돼. 그 사람 좋은 녀석이 별다른 이유도 없이 약속을 깰 리가 없다고."

"맞아. 키스는 그렇다 쳐도, 테일러는 그럴 사람이 아냐."

"……끼스는 거쩡 해주는 사람 업꾸나. 불상애."

페이트포는 입안에 음식이 가득 든 상태에서 태클을 날렸다.

한순간 우리의 대화가 끊겼지만 린은 헛기침을 하고 이야기를 이어갔다.

　"그, 그래서 좀 조사를 해봤더니, 비슷한 상태인 모험가가 꽤 많지 뭐야."

　"루나도 비슷한 소리를 했어. 세레나에게 푹 빠져서 일을 안 한다던가? 확실히 심상치 않은 이야기인데."

　"그렇지? 게다가 세레나의 종파도 밝혀지지 않았잖아. 종파가 다른 프리스트의 마법은 중복해서 걸 수 있대. 에리스교의 사람이 중복해서 마법을 걸었으니까, 에리스교가 아닌 건 확실해."

　"이 나라 사람들 대부분은 에리스 교도이고, 드물게 아쿠시즈 교도도 있잖아. 뭐, 그 온천 마을은 예외로 치고 말이야."

　액셀 마을에도 아쿠시즈 교도가 많이 있지만 돈의 단위가 된 에리스교와는 비교할 수 없었다.

　"그렇다면 아쿠시즈교보다 더 마이너한 종파인 거군. 점점 분위기가 심상치 않게 흘러가는걸. 뭐, 나는 전부터 수상하다고 생각했지만 말이야."

　"너……. 세레나가 돈에 집착하지 않는 걸 가지고 입에서 침이 마르도록 칭찬하지 않았어?"

　"그런 기억 없어! 청순한 척 하는 녀석일수록 실은 음란한 법이거든. 세레나도 겉모습과 다르게 속이 시꺼먼 녀석인 거 아냐? 어엿한 프리스트인 척 하지만 실은 아쿠시즈 교도라

거나."

"아쿠시즈 교도가 이렇게 성가신 방법으로 종교 권유를 할까? 그 사람들은 끈질기게 권유를 하거나 말도 안 되는 사고를 치기는 해도, 금방 들통이 나잖아. 욕망에 충실해서 마무리가 어설프다고 할까?"

듣고 보니 확실히 그랬다. 아쿠시즈 교도라면 좀 더 알기 쉬운 방식을 쓸 것이다.

게다가 무모한 짓은 할지라도 자신이 모시는 신을 숨길 리가 없다.

아무래도 그 여자— 세레나를 조사해보는 편이 좋을 것 같다.

"그러고 보니, 세레나와 다퉜던 아쿠아 누님이 오늘은 안 보이는걸."

평소에는 주위가 어두워지면 길드 술집에 와서 술판을 벌였는데, 오늘은 모습이 보이지 않았다.

"아~ 그게 말이야. 얼마 전에 세레나와 길드에서 다퉜는데, 그러다 길드의 술을 물로 만들어버려서 출입금지를 당한 것 같아."

"무슨 짓을 하고 다니는 거야……."

세레나가 카즈마의 파티에 들어가고 싶어 하는 바람에 자기 입장이 위험해지는 것을 걱정한 아쿠아가 경쟁심을 불태운 것은 알고 있지만 그딴 사고를 쳤던 거냐.

이것으로 세레나가 아쿠시즈 교도일 가능성은 완전히 사라졌군.

테일러와 키스의 변화도 신경 쓰였으나 나는 페이트포의 식비를 벌어야만 한다.

"하지만 세레나가 남에게 폐를 끼친 것도 아니니까, 괜히 자극하기라도 했다간 악역으로 몰리겠지. ……한동안은 상황을 지켜보기로 할까. 테일러와 키스도 곧 정신을 차릴 거야. 그리고 나는 이 녀석을 먹여 살릴 돈을 벌어야 해."

"으음, 그래. 둘 다 세레나를 쫓아다닐 뿐이지, 범죄를 저지른 건 아니잖아. 딱히 볼일도 없으니까, 나도 퀘스트를 도울게."

결국 별다른 타개책이 생각나지 않았기에, 그냥 정보 수집을 하면서 상황을 살핀다는 결론을 내렸다.

10

며칠이 지났다.

다른 모험가가 농땡이를 부리느라 퀘스트는 얼마든지 있었고 수입도 안정됐다. 페이트포의 식비로 대부분 날아가는데도 조금은 여유가 생기기 시작한 건 다행이지만…….

"묘한 정도가 아니잖아."

"응. 퀘스트 때문에 마을에 없는 시간이 늘어서 확 와닿지 않았는데, 이건 확실히 이상해."

아까까지만 해도 길드 안에 있는 모험가의 숫자는 한손으로 꼽을 수 있을 정도였는데, 세레나가 길드에 나타나자—.

"세레나 님께서 설법을 시작하시기 전에 도착했어!"

"빨리 앞줄을 확보하지 않으면, 존안을 배알할 수 없을 거야!"

그런 소리를 늘어놓으며 많은 모험가들이 몰려오더니 길드 안을 가득 채웠다.

유심히 보니 그 인파 안에는 테일러와 키스도 있었다.

"어이, 말도 안 되잖아. 왜 이렇게 인기가 있는 거냐고."

색기에 매혹당한 엉큼한 남자들뿐인가 했는데 여자도 꽤 있었다.

그런 녀석들이 모여서 뭘 하나 했더니 그들이 차례차례 털어놓는 고민에 세레나가 대답할 뿐이었다.

"으음, 평범하네. 좀 더 음란한 수단이나 비합법적인 수단으로 권유를 하나 했더니, 그냥 고민 상담을 해주는 것뿐이잖아."

"하지만 저런 제대로 된 프리스트는 본 적이 없어서 그런지 꽤 신선해. 상대를 배려하며 상냥하게 깨우쳐주고 있잖아."

모험가가 되려는 성직자 중에는 괴짜가 많다. 특히 액셀 마을에는 그 비율이 높다. 돈 욕심에 눈이 먼 프리스트도 드물지는 않다.

그런데 이렇게 무상으로 봉사하는 모습은…….

"수상해. 저런 녀석은 신용하면 안 돼. 애초에 성직자란 놈들은 애매한 말을 늘어놓다 여러분의 행복을 위해 기도합니다, 같은 소리를 하며 헌금만 받아 챙기는 녀석들이잖아. 권유는 물론이고 돈도 받아 챙기지 않는 성직자가 이 세상에 있을 리 없다고."

"저기, 성직자 관련으로 나쁜 추억이라도 있어?"

"아쿠시즈교 한정이라면 산더미처럼 있지!"

하지만 아쿠시즈교의 교의 중에는 동의하는 부분도 꽤 있다. 욕망에 충실하고 하루하루가 즐거워 보이는 점은 솔직히 말해 부럽다.

나는 린과 이야기를 나누면서도 세레나를 계속 쳐다보았다.

그러다 저 집단에서 약간 떨어진 장소에 있는 카즈마 일행을 발견했다.

파티 멤버 전원이 모여 있는 것 같은데…… 언제나 활기차던 아쿠아가 시든 꽃처럼 풀이 죽어 있었다. 그리고 동료들이 걱정하고 있는 것 같았다.

일전에는 돈에 눈이 멀어서 세레나를 칭찬했지만 저 모습을 보니 죄책감이 몰려왔다. 저 두 성직자 중 한 명의 손을 들어준다면 나는 역시 아쿠아 누님의 손을 들어줄 것이다.

"저기, 어디 가는 거야?"

"카즈마 녀석들을 찾았거든……. 술이라도 한 잔 얻어먹을까 해서 말이야."

그리고 겸사겸사 사과도 할까.

자리에서 일어난 내가 그 녀석들을 향해 걸어가고 있을 때, 갑자기 카즈마가 세레나를 향해 몸을 날렸다.

카즈마는 그 기세 그대로 세레나에게 접근하더니—.

"오늘은 너나 나나 같이 퍼질러 잠이나 자자고! 그리고 내일부터 본격적으로 훼방을 놔주마!"

그렇게 말하면서 세레나의 안면에 날아 차기를 날렸다.

세레나는 그대로 튕겨져 날아갔고 걷어찬 카즈마 또한 뒤편으로 날아갔다.

두 사람이 바닥에 쓰러진 후 충격적인 상황이 벌어진 길드 안에서는 정적만이 감돌았다.

"……어?"

누가 그 말을 입에 담은 건지는 모르겠지만 그 소리에 정신을 차린 것처럼 세레나의 추종자들이 허둥대기 시작했다.

"이, 이, 이, 이게 무슨 짓이야?! 빨리 세레나 님을 치료해! 그리고 경찰도 불러!"

"세레나 님에게 발차기를 날린 이 녀석을 잡아! ……이 녀석, 카즈마 아냐?!"

당황한 모험가들은 범인이 카즈마라는 걸 알자 어쩌면 좋을지 몰라 당황했다.

액셀 마을에서 카즈마를 모르는 모험가는 신입 혹은 다른 마을에서 온 녀석들뿐이다.

하지만 열렬한 추종자들 몇 명이 카즈마를 꽁꽁 묶으려고 했을 때 다크니스가 그를 감싸려는 듯 앞으로 나섰다.

　"이유는 모르지만, 그는 아무 생각 없이 이런 짓을 할 남자가 아니다! 그러니 이번 일의 수습은 나에게 맡겨다오."

　"생각이 있든 없든, 여자의 안면에 발차기를 날리는 건 범죄잖아! 영주의 딸이라고 괜히 나서지 마. 빨리 비켜!"

　"맞아, 맞아!"

　다크니스가 그렇게 말했으나 군중들은 일제히 카즈마를 향해 몰려왔다.

　테일러와 키스를 쳐다보니 아무것도 하지 않고 멍하니 서 있었다. 저 녀석들은 뭐하고 있는 거야!

　"너희가 화났다는 건 안다. 그 억누를 수 없는 분노를 나에게 퍼부어다오! 매도와 독설도, 주먹질도 괜찮다! 뭣하면 양쪽 다 해라! 자, 사양할 필요 없다!"

　얼굴을 붉힌 다크니스가 거친 숨을 내쉬며 두 팔을 펼치더니 저항하지 않겠다는 어필을 했다.

　……아까까지만 해도 멋있었는데.

　몇몇은 겁을 먹은 건지 움츠러들었지만 대부분은 이 상황에서도 분노를 억누르지 못하고 있었다. 그런 이들이 카즈마에게 슬금슬금 다가갔다.

　"더스트, 이거 큰일 나는 거 아냐?"

　린은 내 소매를 잡아당기면서 초조한 표정을 지었다.

세레나에게 저렇게 빠진 녀석들이다. 저항하지 않는 상대에게 무자비한 짓을 저질러도 이상할 게 없다.

"경찰이 올 때까지 시간을 벌어볼까."

무슨 목적으로 저런 짓을 한 건지는 모르겠지만 어느 쪽이 더 신뢰가 되는지는 말할 필요도 없다.

나는 입고 있던 상의를 벗고 카즈마 일행을 둘러싼 녀석들에게 몰래 다가간 후, 손수건으로 입가를 가린 채 닥치는 대로 엉덩이를 주물렀다.

"꺄앗, 누구야?! 방금 누가 내 엉덩이를 만졌어!"

"히히히, 엉덩이가 꽤 탱글탱글한걸."

"으윽! 어, 어이, 누군가가 내 엉덩이도 주물렀어!"

"젠장, 꽝이네!"

"다들 조심해! 이 소동을 틈타, 남녀 가리지 않고 엉덩이를 만지는 치한이 있어!"

이건 절친을 구하기 위한 숭고한 행동일 뿐, 은근슬쩍 치한 행위를 즐기고 있는 게 아니다! 그 점은 착각하지 말아줬으면 한다! 그 증거로 남자 엉덩이도 만지고 있거든!

이 상황에서 치한 소동이 일어나자 혼란이 더욱 커졌다.

좋아, 슬슬 후퇴할까. 만족하며 몰래 빠져나가려던 순간, 누군가에게 팔을 잡혔다.

"치한을 발견했다! 세레나 님께서 위급하신 상황에 이딴 짓을 벌여?! 다들, 자근자근 밟아주자!"

"윽, 큰일 났네……. 오, 세레나의 옷이 벗겨져서 반라 상태가 됐네!"

"진짜냐?! ……거짓말이잖아! 아차?!"

모험가 중 한 명에게 팔을 잡힌 나는 기지를 발휘해서 벗어난 후 그대로 길드 안을 도망 다녔다.

"치한 주제에 더럽게 재빠르네!"

"경찰과 숨바꼭질하면서 단련한 이 몸께서 너희 같은 놈들한테 잡힐 것 같아?!"

"조심해라! 이 자식은 타고 난 범죄자야!"

카즈마를 내버려두고 나를 쫓아다니는 녀석들 상대로 날뛰고 있을 때 경찰이 나타났다. 나는 멀찍이 떨어진 자리에서 어이없는 표정을 짓고 있는 린에게 눈짓을 보낸 뒤 창밖으로 몸을 날렸다.

세레나를 걱정하는 녀석들이 밖까지 쫓아올 리가 없기에 나는 뒷골목으로 도망가서 입을 가린 손수건을 벗었다.

"아무래도 정체가 들통나지는 않은 것 같네. 길드 쪽이 좀 잠잠해지면 돌아가도록 할까. 그때까지는 린이 페이트포를 돌봐줄 거야. 밥을 먹여주면 얌전해지니까 괜찮겠지."

두 사람은 사이가 나쁘지만 식사가 끝날 때까지는 괜찮을 것이다.

"그런데 카즈마는 왜 그런 짓을 한 거지? 역시 세레나한테 뭔가 꿍꿍이가 있는 건가? ……그럼, 나는 어떻게 한다?"

카즈마도 생각이 있어서 그런 걸 테니 내가 괜한 짓을 하지 않는 편이 좋을까? 일단 카즈마를 만난 후에 결정하는 편이 좋을 것 같았다.

테일러와 키스 문제도 있으니까 카즈마의 편에 설 생각이지만, 문제는 페이트포다.

정보 수집을 하더라도 어린애를 업은 채로는 눈에 띌 것이다.

"그리고 식비도 문제네. 돈만 있으면 어떻게든 될 텐데……."

계속 고민해봤자 답이 안 나올 것 같아서, 경찰이 카즈마를 연행하는 것을 본 후에 천연덕스러운 얼굴로 길드에 들어갔다.

11

다음날, 카즈마와 세레나는 담소를 나누고 있었다.

어제 그런 일이 있었는데, 저렇게 웃으면서 이야기를 나누는 건 비정상이잖아.

어제는 카즈마가 고민 상담을 방해한 걸로 마무리됐으며 폭력사태로 처리되지는 않았다.

하지만 나는 세레나의 표정과 말투가 변하는 순간을 놓치지 않았다. 「아앗, 이 자식……」이라고 말을 하다, 허둥지둥 표정을 관리했던 것이다.

……저 쪽이 본성인 것 같네.

카즈마가 뭘 할 생각인지는 모르겠지만 뭔가 재미있는 일을 벌일 거라 믿고 있다.

무슨 짓을 하려는 건지 가까운 곳에서 보고 싶지만 나도 나름대로 해야 할 일이 있었다.

"좋아~. 이걸로 오늘 할당량을 달성했어."

"네가 매일 이렇게 열심히 일한 건 처음 아냐?"

나는 퀘스트를 달성해서 기분이 좋거든? 그러니까 그런 김새는 소리 하지 말라고, 린.

전투 중에 내 등에 업혀 있던 페이트포는 몬스터를 쓰러뜨리자마자 자기 힘으로 포대기에서 탈출했다.

그리고 익숙한 솜씨로 몬스터를 마법으로 굽고 있는 린의 옆에 앉았다.

며칠 동안 같은 일을 반복하다보니 험악했던 두 사람의 사이도 조금은 호전됐다.

"거의 다 익었으니까 잠시만 기다려."

"융융은 더 빨리 구어써. 여기, 안 익어써."

린의 관자놀이에 경련이 일어났다.

너희가 무슨 며느리와 시어머니냐. 친해지려면 시간이 좀 더 걸릴 것 같았다.

그런 불평을 늘어놓으면서도 페이트포는 익은 개구리를 힘차게 베어 물었다.

"테일러와 키스는 아직도 안 돌아오네."

린은 식사 중인 페이트포를 쳐다보면서 쓸쓸한 어조로 그렇게 중얼거렸다.

그 후로 테일러와 키스를 잡아서 억지로 이야기를 나눠봤지만, 우리의 말을 들은 척도 하지 않고 세레나 님을 호위하느라 바쁘다는 말만 계속했다.

이야기를 나눠보고 눈치챈 거지만 그 둘은 세뇌 혹은 저주에 걸린 것 같았다.

모험가가 되기 전의 일인데, 저주가 걸린 마도구를 몸에 지녔던 동료가 비슷한 상태가 되었던 것이다.

카즈마와 협력할까 해서 찾아봤지만 동료들에게도 아무 말 하지 않고 종적을 감췄다고 한다. 그리고 행방이 묘연한 상태에서 세레나를 온갖 방법으로 괴롭히고 있다는 정보를 입수했다.

꽤 음험하고 정신적으로 대미지가 상당한 괴롭힘을 당한 건지, 요즘 들어 세레나가 쓰고 있는 가면이 벗겨지려 했다.

"카즈마가 손을 쓰고 있는 것 같잖아. 아마 그게 잘 풀리면, 그 녀석들도 돌아올 거야."

"그냥 손 놓고 있을 수밖에 없는 거네……. 하긴, 저렇게 호위에게 둘러쌓인 상대와 이야기를 나누는 건 어렵잖아."

카즈마에게 괴롭힘을 당하는 게 두려운 건지, 세레나의 주위에는 호위를 담당하는 모험가가 항상 몇 명이나 있었다. 그리고 세레나에게 다가가려 하는 이들을 쫓아내고 있는 것이다.

"조금만 더 기다려보자고. 세레나를 따라다니기는 하지만, 딱히 학대를 당하거나 무모한 짓을 강요당하고 있는 건 아니잖아."

"맞아. 눈빛이 이상하기는 했지만 병에 걸린 것 같지도 않아. 아마 괜찮을 거야."

……쓸쓸한 표정 짓지 말라고. 그 두 바보가 돌아오면 설교 좀 해줘야겠는걸. 페이트포가 배부를 때까지 밥을 사주는 형벌을 내려줘야지.

길드로 돌아가 보니 한산했다.

아무도 없는 건 아니지만 길드에 있는 모험가들은 대부분 혼자서 멍하니 있었다.

동료들이 세레나의 추종자가 되어버린 탓에, 퀘스트도 받지 못하는 상태로 하루 종일 길드에서 멍하니 시간만 보내고 있는 것이다.

평소 같으면 어린아이를 돌보는 나를 놀렸겠지만 다들 지금은 그럴 때가 아닌 건지 나와 페이트포의 관계에 대해 묻는 녀석조차도 없었다.

"뭐, 일이 성가셔지지 않는 건 다행이지만 말이야."

그래도 어떻게든 해야겠다.

나는 이 마을의 얼굴이자 모험가들의 두목 격이다.

액셀 마을의 모험가 길드는 원래 지금보다 더 활기가 넘친다고…….

　정신 나간 폭렬걸이 자기를 바보 취급한 녀석에게 시비를 걸고, 그걸 말리는 척 하면서 대신 두들겨 맞으려고 하는 여기사, 그리고 개인기가 특기인 프리스트와 함께 성가셔 죽겠다는 표정으로 그들을 바라보는 절친…….

　그리고, 그 녀석들을 놀리면서 바보 자식들이 즐거워하는 곳이다.

　"이런 건 안 어울려."

　"더스트, 왜 그래? 안 어울리는 표정을 짓고 있네."

　"옛날 가튼 표정."

　옆과 등 뒤에서 내 얼굴을 쳐다본 린과 페이트포가 그렇게 말했다.

　린이 동료들을 걱정하는 표정에도 이제 슬슬 질렸어.

　페이트포에게는 내가 지금 살고 있는, 원래의 시끌벅적한 액셀 마을을 보여주고 싶었다.

　"나도 슬슬 본격적으로 세레나 문제를 해결하기 위해 나서야겠어."

　"그거 마침 잘됐네, 더스트, 나 좀 도와줄래?"

　내가 결의를 입에 담은 순간, 등 뒤에서 뜻밖의 목소리가 들려왔다.

　뒤를 돌아보니 그곳에는 나의 절친이 서 있었다.

1

모험가가 잔뜩 모이는 술집에서 아는 녀석을 찾은 후 술을 사줬다.

군자금이라면 카즈마에게서 잔뜩 받았거든. 내 지갑에 영향이 없으니까 비싼 술을 시켜줬다.

나는 지금, 카즈마의 의뢰를 수행하고 있다.

절친은 나에게 「세레나를 괴롭히는 것을 도와 달라」는 부탁을 했다. 그 녀석의 평판이 바닥을 치도록 나쁜 소문을 퍼뜨려달라는 것이다.

자세한 이유는 못 들었지만 나는 딱히 추궁하지 않고 그 의뢰를 받아들였다.

선불로 거금을 받기도 했으나, 그것보다도 이해가 일치되는 점과 카즈마의 부탁이라는 사실 때문이다. 나도 이 문제를 어떻게든 해야겠다고 생각하고 있었으니까.

소문을 퍼뜨리는 데는 한밤중의 술집만큼 좋은 곳이 없기에, 고집을 부리는 페이트포를 어찌어찌 설득해서 린에게 맡긴 후 혼자서 행동하고 있었다.

한밤중의 술집에 어린아이를 업고 가는 건 무리니까.

"어이, 알고 있어? 세레나라는 성직자 말이야."

"아, 요즘 화제가 되고 있는 그 사람 말이구나. 미인이지~. 나도 가까워지고 싶어."

"세레나는…… 성적 취향이 특이한가 보더라고."

"취향이, 특이해? 자세하게 이야기 좀 해봐!"

어이쿠, 생각했던 것보다 훨씬 관심을 보이네.

"실은 남자의 체취를 엄청 좋아하나 봐. 특히 남자의 강렬한 땀 냄새에 환장한다더라고. 그래서 안 빨고 오랫동안 신어서 발 냄새가 풀풀 나는 양말을 선물 받으면 좋아한대. 세레나의 주위에는 항상 땀 냄새가 풀풀 나는 남자들이 있지? 그게 증거야."

카즈마에게 괴롭힘을 당할까봐, 건장한 모험가들을 호위 삼아 항상 데리고 다니지.

"듣고 보니, 그러네. ……우와, 믿기지 않는걸."

보통은 이런 바보 같은 이야기를 믿지 않겠지만, 내가 사주는 마시기 좋고 비싼 술을 넙죽넙죽 마신 탓에 사고력이 저하된 것 같았다.

좀 더 밀어붙여볼까.

"그리고, 더 엄청난 비밀이 있어. 이건 비밀이니까 아무한테도 말하지 마."

나는 목소리를 낮추고 그 남자와 얼굴을 가까이했다.

그는 내 진지한 목소리에 놀란 표정을 짓더니 곧 진지한 얼굴로 고개를 끄덕였다.

"사실, 세레나는…… 남자래."

"거짓말이지?!"

"어이, 목소리 낮춰. 비밀이라고 말했잖아."

"미, 미안해."

사과를 한 그 남자의 얼굴은 호기심으로 가득 차 있었다.

이거, 나중에 주위 사람들에게 이 이야기를 퍼뜨려주겠는걸. 술자리에서 「여기서만 하는 이야기」, 「아무한테도 말하지 마」 같은 약속을 지키는 녀석은 이 세상에 없으니까.

나는 거기까지 고려하며 거짓말을 늘어놓았다.

"세레나의 추종자한테 물어봐. 때때로 남자 같은 말투를 쓰거나, 어조가 거칠어질 때가 있다더라고. 강박적일 정도로 조신하게 행동하는 것도 좀 수상하지 않아?"

"우와, 믿기지 않아……. 그런 미인이 실은 남자라는 거야? 아니, 잠깐만 있어봐. 그건 그것대로 괜찮은 거 아냐?"

그는 팔짱을 끼고 낮은 신음을 흘렸다.

좋아, 의심하기 시작했는걸. 허와 실이 섞인 소문은 진실미를 띠기 마련이지.

이대로 소문을 더욱 퍼뜨려줄까.

"─이런 식으로 손님에게 이야기해줘."

"저기~, 제가 왜 그래야하죠?"

서큐버스 가게에서 로리 서큐버스에게 세레나에 관한 소문이 마을에 퍼지는 것을 도와달라고 하자, 상대방은 인상을 썼다.

"뭘 모르네. 이건 너한테도 득이 되는 일이라고."

"왜 알지도 못하는 사람의 험담을 하는 게 저한테 득이 되는 거죠?"

"하아~. 이 가게의 현재 상황을 알긴 하는 거야? 주위를 둘러봐. 텅텅 비었잖아."

천천히 고개를 돌리며 가게 안을 둘러본 로리 서큐버스는 땅이 꺼져라 한숨을 내쉬었다.

평소 같으면 이 시간대에는 여자가 없는 남자 모험가들로 가게가 북적거려야 하지만, 지금은 손님이라곤 나를 포함해 세 명밖에 되지 않았다.

"확실히 요즘 들어 손님이 줄기는 했는데, 그것이 그 세레나 씨란 사람과 연관이 있는 건가요?"

"엄청 있어. 그 여자가 남자들을 채간 거야. 즉……."

나는 일부러 잠시 말을 멈춘 후 서큐버스들의 주목을 모았다.

손님이 없어서 가게 안이 조용한 덕분에 내 목소리가 가게 전체에 전해졌다.

한가한 서큐버스들이 나를 쳐다보는 것을 확인한 후, 나는 아까보다 큰 목소리로 딱 잘라 말했다.

　"즉…… 남자들은 서큐버스가 아니라 세레나한테 매료된 거라고!"

　그 순간, 공기가 비틀리는 느낌이 들었다.

　서큐버스들의 눈매가 날카로워지더니 슬금슬금 다가오는 모습이 눈에 들어왔다.

　"그 말은 흘려들을 수가 없군요. 남자들이 저희가 아니라 인간 프리스트 따위에게 매료됐다고요? 서큐버스인 저희보다, 성직자가 더 매력적이라는 건가요? 하나도 웃기지 않은 농담이군요."

　로리 서큐버스는 미소를 머금은 채 강렬한 위압감을 뿜었다.

　이 녀석의 박력에 압도당한 건 처음 아냐? 남자를 빼앗겼다는 건 서큐버스 앞에서 절대 해선 안 되는 말이다.

　알면서도 입에 담았지만 예상 이상으로 효과가 좋은걸.

　"맞아~. 나도 서큐버스보다 세레나가 더 매력적이라고는 생각 안 해. 그 녀석은 겉으로는 청순파라는 걸 어필하면서도, 속으로는 서큐버스보다 자기가 더 매력적이라며 실실 쪼개고 있을 거라고. 그것 말고도 밤 장사를 무시하는 소리를 했는데……. 뭐, 네가 관심 없다면 괜히 이야기할 필요는 없겠네."

　내가 체념한 척 하면서 자리에서 일어나자, 로리 서큐버스를 비롯해 어느새 내 주위에 몰려 있던 서큐버스들이 내 팔을 잡았다.

"""자세하게 이야기해보세요."""

"으, 응."

노출도 높은 복장을 한 미인 누님들에게 둘러싸인 상황인데도 내 등을 타고 식은땀이 쉴 새 없이 흘러내렸다.

2

다음날 점심, 배부르게 밥을 먹은 페이트포가 낮잠을 자기 시작해서 나는 그 녀석을 여관에 재워두고 마을로 나섰다.

"내 말보다는 그 녀석들의 말이 더 신빙성이 있겠지. 이걸로 남자 모험가들에게 소문이 순식간에 퍼져나갈 거야."

서큐버스들이 그렇게 의욕을 보인 것을 보면 며칠 안에 세레나에 대한 나쁜 소문이 남자 모험가들 사이에 파다하게 퍼질 것이다. 나도 밤에는 다른 술집에 가서 술을 홀짝이며 계속 소문을 퍼뜨릴 생각이다.

문제는 내가 거북해 하는 분야다.

이 마을 사람들과 여자들은 나를 쬐—끔 신용하지 않거든. 그쪽 방면으로 잘 먹히는 녀석한테 부탁해야겠다.

조금만 더하면 세레나를 궁지에 몰 수 있을 것 같은데…….

"더스트 씨, 오늘은 그 아이를 데리고 있지 않네요."

인테리어가 멋진 밥집 앞에서 내부를 들여다보며 왔다 갔다 하고 있는 수상한 여자가 나에게 말을 걸었다.

유심히 보니 바로 융융이었다.

가게에 들어가고 싶으면 들어가면 될 텐데 낯가림이 심해서 새로운 가게에 들어가는 것을 머뭇거리는 것 같았다.

"거기서 반복 운동을 할 짬이 있으면, 내 일을 도와…… 아냐, 됐어."

"말을 하다 말면 신경 쓰이잖아요."

"너한테는 벅찰 것 같아서 관둔 거야. 서로가 괜한 짓을 할 필요는 없잖아?"

"그게 무슨 소리죠? 저는 홍마족의 차기 족장이 될 사람이에요. 매일 한가한 더스트 씨와는 다르단 말이에요. 지금이라면 그 어떤 어려운 일도 다 해낼 자신이 있다고요!"

융융은 가슴을 두드리더니 몸을 뒤편으로 젖히고 자신만만한 목소리로 그렇게 말했다.

내가 거절했던 족장 시련이라는 것에 합격하면서 조금은 자신감이 생긴 걸까. ……저 건방진 태도가 영 마음에 안 드는걸.

"자신만만하네. 그럼 부탁해볼까. 지금부터 어떤 인물의 소문을, 친구! 아니, 지인! 에게 퍼뜨려줬으면 해. 차기 족장님이라면 그 정도는 아무것도 아니지?"

"죄송해요, 제가 너무 오만했어요……"

그 자신감은 너무나도 간단히 박살나고 말았다.

한눈에 이 녀석한테는 무리라는 걸 깨달아서 말을 하지 않았던 건데 말이다.

"저기~, 참고로 누구의 어떤 소문을 퍼뜨릴 건가요?"

"세레나란 프리스트를 알아?"

"예, 알아요! 친구를 가지고 싶다는 상담을 했더니, 레지나 신에게도 그건 무리라고 돌려서 말했어요……."

신의 힘도 이 녀석의 외톨이 파워는 이길 수 없는 건가.

참고로 레지나 신이란 세레나가 믿는 마이너한 신이다. 좀 조사해봤지만 아는 사람이 한 명도 없었다. 정말 인기가 없는 신 같았다.

"너라면 간단히 속아 넘어갈 것 같았는데, 의외로 멀쩡한 건 그래서구나. 저기, 그 세레나란 녀석을 어떻게 생각해?"

"어떻게, 생각하느냐고요? 으음, 친구가 많아서 부러워요."

이 녀석은 평소와 다름없나.

세레나가 어떤 수단으로 신도를 늘린 건지는 모르겠지만, 적어도 이야기를 나눈 상대를 전부 신도로 삼을 수 있는 건 아니었다.

"그 여자에게는 다가가지 않는 편이 나을 거야. 꽤 위험한 녀석 같거든."

"더스트 씨가 충고할 정도인 걸 보면, 상당히 위험한 상대인가 보네요?"

"너한테는 특히 위험할 거야."

남을 덜컥 믿는 녀석에게는 특히 말이지. 융융의 경우 「친구」라는 말을 쓰면 간단히 속일 수 있으니 세뇌할 것까지도 없으려나.

융융은 멋대로 착각을 한 건지 심각한 표정으로 고개를 끄덕인 후에 돌아갔다.

마을 주민과 여자 모험가 쪽에도 내가 소문을 퍼뜨리는 수밖에 없나. 아무래도 며칠은 소문을 퍼뜨리느라 바쁠 것 같군.

3

대량의 군자금 중 절반은 페이트포의 식비로 쓰고, 남은 것을 활동 자금으로 쓰며 며칠 동안 밤낮 가리지 않고 마을 안을 돌아다녔다.

카즈마의 괴롭힘과 나의 수수한 활동이 효과를 발휘한 건지, 정신적으로 궁지에 몰린 세레나가 자기 추종자들을 데리고 카즈마를 쫓아다니는 모습이 목격됐다는 정보를 입수했다.

나는 그 말을 듣고 일이 순조롭게 풀리고 있다며 속으로 히죽거렸지만 그 후의 전개를 듣고는 머리를 감싸 쥐고 싶어졌다.

어찌 된 건지 카즈마가 세레나의 추종자가 된 것 같았다. 저택에도 돌아가지 않고 그녀와 쭉 함께 행동했다.

게다가 나를 당혹스럽게 한 것은 다른 녀석들이 차례차례 정신을 차리기 시작했다는 점이고 테일러와 키스도 정신을 차렸다.

지금은 내 눈앞에서 느긋하게 술을 마시고 있었다.

"너희 둘, 대체 왜 우리 파티에 돌아온 거야? 평생 세레나의 추종자로 살 거라며?"

"그게 말이지. 기억이 명확하지 않아. 왜 그렇게 집착하며 세레나를 믿은 건지, 스스로도 모르겠군."

"나도 마찬가지야. 머릿속에 안개가 낀 것 같았다고 할까? 지금은 또렷하지만."

고개를 갸웃거리는 두 사람은 딱히 시치미를 떼고 있는 것 같지 않았다.

역시 마법 같은 방법으로 세뇌를 했던 걸까.

"난처해지니까 기억이 안납니다, 하고 우기는 거냐. 그런 변명이 통할 것 같아? 하느님께서 다 보고 계시다고! 자, 사과 삼아 우리에게 위자료를 내놔! 전 재산을 다 내놓으면 특별히 용서해주지!"

"더스트, 난처해졌을 때마다 기억을 잃는 건 네 특기잖아. 무사히 돌아왔으니 그냥 넘어가자."

린의 어이없어하면서도 약간 안심한 표정을 보고 나는 무심코 입가에 미소를 머금었다.

린은 때때로 걱정스러운 표정을 지었는데 그것도 어제로 끝난 것 같았다.

"이런 건 봐주기 시작하면 버릇이 된다고. 주인으로서 제대로 버릇을 들여놔야해."

""우리가 네 애완동물이냐!!""

린은 주먹다짐을 벌이는 우리를 보고는 「그만해」라며 입으로만 말리면서 즐거운 듯이 웃었다.

이것으로 우리의 문제 중 하나는 해결됐다.

"이 자식들아, 너무 때리는 거 아냐?! 좀 봐달라고!"

"오랜만이라 힘 조절을 까먹은 것 같군. 미안하다. 그런데…… 페이트포가 보이지 않는데, 어디 있지?"

"아까 방에서 나설 때는 자고 있었는데, 이제 슬슬 일어났을 것 같네. 보고 올게. 너희는 자비로 음식이나 대량으로 주문해놔."

"평소 같으면 거절했겠지만, 어쩔 수 없네. 여러모로 폐를 끼쳤으니 말이야."

키스가 투덜거리면서 웨이트리스를 부르는 모습을 힐끔 본 후, 나는 페이트포가 있는 방으로 향했다.

문을 열어보니 침대에는 아무도 없었다.

"설마 혼자서 나간 거냐. 함부로 돌아다니지 말라고 말해뒀는데 말이야. 반항기인가? 마을을 혼자 돌아다니면 여러모로 성가신 일이 벌어질 텐데……. 이게 뭐지?"

침대 옆의 테이블 위에는 종이 한 장이 놓여 있었다.

살펴보니 개발새발로 쓴 글씨로 이런 내용이 적혀 있었다.

『안 놀아주니까, 밖에 나가서 놀고 올게요.』

……이건 페이트포가 쓴 것 같네. 머리가 좋은 애라고 생각했지만 글도 쓸 줄 아는구나. 성장했네. 아, 감탄할 때가 아니지.

그러고 보니 요즘은 세레나 문제 때문에 페이트포와 같이 있어주지 못했다. 그래서 삐친 나머지 혼자 밖에 나간 건가.

액셀 마을은 얼마 전까지 세레나의 추종자들 천지라 불온한 상황이었지만 지금은 카즈마 한 사람 말고는 전부 원래대로 되돌아왔다.

이 상황에서는 혼자 돌아다녀도 딱히 위험하지는 않을 것이다. 애초에 페이트포를 어찌할 수 있는 녀석이 이 마을에 있을 리가 없다.

……바닐 나리를 제외하고 말이다.

"해를 입지는 않겠지만, 아직 상식이 부족하니 해를 가하는 쪽이 될지도 몰라."

어린아이인 줄 알고 얕보는 녀석들과, 굶주린 상태의 페이트포…….

침을 질질 흘리면서 상대방의 머리를 물어뜯을지도 모른다.

"그로테스크한 장면을 상상했네. 찾으러 가봐야겠어."

솔직히 말해 그렇게 걱정이 되지는 않지만 어린아이를 방치해뒀다가 나중에 무슨 말을 들을지 모른다.

동료들에게도 도와달라고 해서 빨리 찾아야겠다.

나는 동료들에게 자초지종을 이야기한 후 미아 수색을 도와달라고 말했다.

"안 보이네. 대체 어디 간 거야. ……이렇게 찾으러 다니기보다는 꼬치구이라도 사서 길드까지 쭉 늘어놓으면, 주워 먹으면서 돌아오지 않을까?"

좋은 생각 같지만 꼬치구이를 늘어놓는 광경을 경찰이 보기라도 했다간 체포당할 가능성이 크다. 그 녀석들은 나를 눈엣가시로 여기거든.

경찰들을 신경 쓰면서 돌아다녔으나 페이트포는 찾을 수 없었다.

잡화점 아저씨와 로리 서큐버스에게도 물어봤지만 못 봤다는 대답만 들었다.

밥을 먹을 수 있는 장소라면 대부분 찾아봤는데 그림자조차 없었다.

"진짜로 어디에 간 거야. 젠장, 키스 녀석들에게 기대할 수밖에 없겠네."

일단 미리 정해뒀던 집합장소인 광장에 가보니 린 혼자만 있었다.

"보아하니 못 찾은 것 같네."

"너도 허탕만 쳤지? 키스와 테일러는 또 찾으러 갔어. 저기, 페이트포 양이 어디 갔을지 짐작은 안 돼?"

"전부터 자거나 먹는 이미지밖에 없거든. 그리고 숲이나 초원을 구경하는 걸 좋아해서, 그런 곳에 억지로 끌려가기도 했어. 그 외에는…… 페이트포는 깨끗한 걸 좋아해서 씻겨줄 때면 기분 좋아했지."

"흐음, 꽤 즐겁게 이야기하네. 그 애에 대해 잘 아는구나. 그런 어린애까지 허용 범위인 거야? 흐음. 저기, 옛날이 더 행복했던 것 아냐?"

솔직하게 대답했을 뿐인데 왜 너는 언짢아하는 거야? 그럼 묻지를 말라고.

불평이라도 한 마디 해주고 싶지만 지금은 페이트포를 우선해야 한다. ……그래도, 한 마디는 해줄까.

"옛날 일은 아무래도 상관없어. 그리고…… 린. 네 눈에는 이 마을에서 지내는 내가 즐거워 보이지 않는 거야?"

"하긴, 남에게 민폐를 끼치며 살고 싶은 대로 살잖아. 그래, 내가 착각했어."

"네가 그렇게 간단히 납득해 버리니, 거꾸로 짜증이 치솟네."

"뭐, 미안해. 그런데 페이트포 양 말인데, 아까 네 말대로라면 마을 밖으로 나갔을 수도 있지 않을까?"

"가능성……은 있을지도 모르겠네."

"어쩌면 메모에 적힌『밖』은 마을 밖을 말하는 걸까?

옛날에는 내 말에 따르고 멋대로 행동하지 않았지만 액셀 마을까지 나를 만나러 자력으로 올 만큼 활동적으로 변한 것이다.

응? 어라, 이제 와서 생각해보니…… 페이트포는 내가 있는 곳을 어떻게 안 거지? 나는 고국을 떠난 후로는 그 누구와도 연락을 주고받지 않았다. 그리고 이웃나라에 있는 나를 냄새로 추적하는 것도 불가능할 것이다.

……답을 알 수 없는 생각에 잠겨봤자 시간낭비다. 페이트포를 찾아서 설교를 한 후에 어떻게 된 건지 물어보기로 할까.

"만약 밖에 나간 거라면 서둘러야 해! 자이언트 토드와 마주치기라도 했다간 한입에 꿀꺽이야!"

"한입은 무리 아닐까?"

페이트포는 대식가지만 그걸 한입에 먹는 건 무리일 것이다.

""응?""

우리 둘은 서로를 쳐다보고 고개를 갸웃거렸다.

아무래도 이야기의 초점이 어긋난 느낌이 들었다.

"아, 아무튼, 일단 성문까지는 가보자. 문지기에게 물어보는 편이 여러모로 빠를 거야."

"그것도 그래. 문지기도 어린 여자애를 밖으로 내보낼 만큼 얼간이는 아닐 테니까."

성문에 도착한 우리는 한가해 보이는 위병에게 말을 걸었다.

"어이, 이 근처에서 머리카락이 새하얀 꼬맹이 못 봤어?"

"너는 정말……. 좀 제대로 설명하란 말이야. 으음, 키가 이만하고 머리카락이 흰색 장발인 조그마한 여자애, 혹시 못 봤어?"

린이 자기 허리 언저리까지 손을 들면서 키가 어느 정도 되는지 알기 쉽게 전했다.

"아, 못 봤어. 오늘 밖에 나간 건 승합 마차와 모험가 그룹 뿐이지. 특히 어린애가 함부로 밖에 나가지 못하도록 경계하고 있으니, 우리 몰래 밖에 나가는 건 무리일 거야."

그것도 그런가. 문지기의 가장 큰 업무는 마을 외부로부터의 위험을 방지하는 것이지만, 장난꾸러기 어린애들이 마을 밖으로 나가지 못하게 하는 것도 업무 중 일부다.

바쁜 시기에는 몰래 마을 밖으로 나갈 수도 있으나 최근에는 마왕군 때문에 마을에 출입하는 사람이 적으니까 말이야.

액셀 마을을 둘러싼 성벽은 높고 두텁다. 전에 아쿠아가 홍수를 일으켜서 파괴한 후에 새로 지었기 때문에 내구도도 뛰어날 것이다.

평범한 애는 이 상황에서 마을 밖에 나가는 것이 무리겠지만…….

"일단 안심해도 될 거야. 액셀 마을은 치안이 좋은 편이니까, 너무 걱정할 필요는 없어."

내가 문을 올려다보자 린이 나를 안심시키려는 것처럼 그렇게 말했다.

"그래. 눈에 띄는 짓을 하지는 않겠지. 그럼 다시 마을 안을 찾아봐야겠는걸. 슬슬 허기가 한계에 달해서 이상한 걸 주워 먹을 때야."

"더스트도 아니고, 그럴 리가 없거든?"

"그 녀석의 허기진 상태를 봤으면서, 진심으로 그런 소리를 하는 거야?"

"……빨리 찾자!"

린은 최근 며칠 동안 내가 자리를 비웠을 때 페이트포를 돌봤던 만큼, 사태의 심각성을 알고 있는 것 같았다.

페이트포의 이름을 부르며 뛰어가는 린을 쫓아가기 전에 나는 다시 성문 쪽을 돌아보았다.

"에이, 아니겠지."

4

전원이 페이트포를 찾지 못한 채 몇 시간이 흘렀다.

일단 차분하게 상의를 하기 위해 길드 구석에 모여서 회의를 하기로 했는데, 그 자리에는 동료들만이 아니라 로리 서큐버스와 용용도 있었다.

"너희가 왜 여기 있는 거야?"

"걱정이 되어서 온 거예요! 페이트포 양이 가출을 했다는 게 사실인가요?!"

"저는 더스트 씨와 그 아이의 관계가 신경 쓰여서요."

융융은 진심으로 페이트포를 걱정하는 건지 내 어깨를 잡고 격렬하게 흔들어댔다.

로리 서큐버스는 걱정보다는 호기심이 앞서는 것 같았다.

"가출이 아니라, 산책을 하고 있을 뿐이라고 생각해."

"왜 남 일처럼 여기는 거예요?! 어린애가 혼자서 마을밖에 나갔을지도 모르거든요?!"

융융의 말은 거짓이 아니다.

돌아온 키스와 테일러가 입수한 정보에 따르면 승합마차에 아무 말 없이 타는 페이트포를 본 이가 있다고 한다.

게다가 마을 안에서는 그 녀석을 본 사람이 없으니 밖에 나갔을 가능성이 꽤 컸다.

"내 눈에도 걱정하고 있는 것처럼 보이지는 않는군."

"네가 이렇게 매정한 놈인 줄은 몰랐어."

남자 놈들이 나한테 고개를 들이밀지 말라고.

린과 로리 서큐버스는 아무 말도 하지 않았지만 차가운 눈빛으로 쳐다보며 무언의 압력을 뿜고 있었다. 눈은 입보다 많은 말을 한다던가.

"하아~, 걱정하지 않는 이유가 있어. 실은 부모를 따라서 액셀 마을에 왔다는 건 거짓말이야. 그 녀석은 혼자서 이웃 나라에서 여기까지 왔다고. 그 정도로 자기 앞가림은 하는 녀석이니까, 어쩌면 혼자서 자기 나라로 돌아갔을지도 몰라."

"그건 그 메모의 의미와 다르지 않아? 『안 놀아주니까, 밖에 나가서 놀고 올게요』라고 적혀 있었잖아. 그런 거짓말을 할 정도로, 그 애를 찾는 게 귀찮아진 거야?"

린은 미간을 찌푸리고 따지듯 그렇게 말했다.

"네가 이 정도로 매정한 놈일 줄은 몰랐어."

"쓰레기 자식."

"애초부터 알고는 있었지만, 더욱 실망했어요!"

"그건 좀 너무해요. 여자에게 상냥하지 않은 사람에겐, 요금을 덤터기 씌울 거예요."

다들 나를 비난했다.

"적당한 변명이라든가, 아니면 우리한테 숨기는 게 있어? 있으면 빨리 말해."

린은 추궁하는 말투가 아니라, 나를 걱정하는 어조로 그렇게 말했다.

요즘 들어 페이트포와 같이 있을 기회가 많았던 린은 뭔가를 눈치챈 건가?

이 자리에서 이 녀석들을 믿고 정체를 밝힌다면 지금까지의 오해와 의혹은 사라질 것이다.

하지만 페이트포의 신변을 진심으로 걱정한다면 정체를

함부로 남에게 밝힐 수는 없다.

"흥, 시끄러워. 나는 이제 잘 거니까, 찾든 말든 알아서 해."

나는 삐친 척 하면서 길드를 나섰다.

등 뒤에서 나를 비난하는 목소리가 들렸지만 깔끔하게 무시하며 성문으로 향했다. 그리고 혼자서 마을 밖으로 나갔다.

"그 불량아는 대체 어디서 어슬렁거리고 있는 거냐고. 숲 쪽에서 농땡이를 부리고 있으려나?"

그 녀석이 좋아할 만한 장소를 탐색해봤지만 그 녀석이 있었던 흔적조차 없었다.

그렇게 먼 곳까지 가지는 않았을 거라고 예상해서 어두워질 때까지 찾아봤으나 결국 찾아내지 못했다.

5

그 후로 이틀이 흘렀다.

페이트포는 단 한번도 돌아오지 않았다.

동료들과 융융, 로리 서큐버스도 찾고 있는 것 같지만 소식은 여전히 묘연했다.

그런 상황에서 내가 어떤 상황에 처했느냐면—.

"어이, 여자애를 내다버린 쓰레기가 저기 있어."

"어린애를 속여서 이용해먹은 후에 버렸다잖아……. 인간 쓰레기의 레벨을 넘어섰네."

모험가들이 나에게 들리도록 그런 험담을 늘어놨다.

세레나 문제가 해결 국면에 접어들면서 모험가들이 길드로 돌아온 건 잘됐지만, 사람이 늘어나면서 소문도 퍼져나간 끝에 이런 상황이 펼쳐지고 말았다.

그래도 나는 당당히 길드 구석자리에 앉아있었다. 이제와서 악평이 한두 개 늘어난다고 충격을 받을 만큼 정신이 섬세하지는 않은 것이다.

모르는 사람은 멋대로 떠들어대면 된다.

"여자아이에게 질려서 이제는 아줌마로 갈아탔대. 그 가게의 핑크머리 여자애가 말했어."

"그뿐만 아니라 성별도 가리지 않는다잖아. 투구를 쓴 이상한 사람이 단언했으니까, 틀림없어."

악평 서너 개가 늘어나봤자, 개의치—.

"실은 그 정신 나간 홍마족을 존경해서, 최근에 제자로 들어갔다던걸?"

"아~, 내가 듣기로는 라라티나 아가씨와 성적 취향이 똑같대. 그래서 심야 비밀 클럽에 다니며 아가씨와 함께 채찍질을 당하고—."

대여섯 개……?!

"이 자식들아! 다른 소문은 그냥 참고 넘어가겠지만, 카즈마네 녀석들과 엮지는 말라고! 너희 전부 이쪽에 와서 줄서. 내가 한 놈씩 전력을 다해 따귀를 때려주마! 여자들은 찌찌

나 엉덩이를 내밀라고. 마구 주무르게 해주면 봐주지!"

"""어디 해봐!"""

험담을 하던 녀석과 다투기 시작하자 다른 녀석들도 끼어들면서 난투극으로 발전했고, 결국 나는 길드에서 쫓겨나고 말았다.

동료들도 길드 안에 있었지만 가세하거나 적대하지 않고 나를 힐끔 쳐다볼 뿐이었다.

……아직도 나한테 화가 난 거냐.

"빨리 페이트포를 찾아서, 그 녀석의 입을 통해 의혹을 불식시킬 수밖에 없겠네."

오늘도 혼자서 마을 밖에 나가려고 했을 때 갑자기 여자 목소리가 들려왔다.

"어이, 엉큼한 인상의 양아치."

"거, 말 한 번 되게 심하게 하네. 나 지금 심기가 좋지 않으니까, 여자라도 안 봐줄 거라고……. 너, 분위기가 좀 바뀐 거 아냐?"

뒤를 돌아보니 요즘 화제가 되고 있는 여자 프리스트, 세레나가 있었다.

내 기억속의 세레나는 온화한 미소로 청초한 이미지를 자아내면서도 어른의 색기가 감돌고 있었다.

하지만 지금 눈앞에 있는 녀석은 달랐다. 머리카락은 헝클어져 있고 눈 밑에는 다크서클이 생겼으며 눈매도 사나웠다.

게다가 볼도 핼쑥해서 건강이 나빠 보였다.

"그 남자 때문에 이 꼬라서니가 됐다고!"

성녀로 추앙받던 프리스트답지 않은 거친 말투와 발언이다.

이 녀석, 역시 가면을 쓰고 있었던 거냐.

"그게 네 본성이냐. 그 남자라는 건 혹시 내 절친인 카즈마를 말하는 거야?"

"너, 사토 카즈마의 절친이었구나. 하필이면……."

"오, 정곡을 찔렀나 보네. 히히히히. 내 절친을 적으로 돌리면 죽을 맛일걸? 웬만한 악당은 상대도 안 될 만큼 약아빠졌으니까."

잔머리가 잘 돌아가는 데다, 중요한 순간에 기지를 발휘하거든. 모험가로서의 실력은 별 볼일 없지만 마왕군 간부를 몇 명이나 격퇴한 실적도 있지.

나도 한수 접어주는 인재라고.

"그걸 처절하게 실감하고 있는 중이야. 하아~ 동료로 삼을 생각이었는데, 대체 왜 이렇게 된 거지……."

세레나는 고개를 푹 숙이더니 혼이 빠져나갈 듯한 커다란 한숨을 내쉬었다.

지칠 대로 지친 그 모습을 보니 불쌍하다는 생각마저 들었다.

세레나 문제는 카즈마에게 맡겨두면 해결될 것 같다.

"잘은 모르겠지만, 수고가 참 많나 보네. 뭐, 볼일 없으면

가 봐도 되지?"

"기다려. 너한테 볼일이 있어. 우선 이걸 봐."

세레나는 퉁명한 목소리로 그렇게 말하더니 정신이 나간 건지 자신이 걸친 로브의 끝자락을 걷어 올려서 속옷을 보여줬다.

검은색이네. 청순파 같은 외모와 달리 검은색 속옷을 입고 있는 건 높은 포인트를 줘도 되겠는걸.

"꽤 화려한 속옷을 입었네."

"너, 너, 밝히게 생겼으면서 그게 다인 거야? 성녀의 속옷을 봤잖아. 감사하거나 기뻐해야 하는 거 아냐?"

"무슨 소리를 하는 거야. 네가 멋대로 속옷을 보여준 거잖아. 왜 감사해야 하는데? 그딴 것에는 아무런 가치도 없어."

이 녀석은 진정한 에로를 알지 못하는 것 같다.

"하아~. 진짜 뭘 모르네. 부끄러워하지도 않고 고의로 그렇게 훌렁 속옷을 보여줘 봤자 김샐 뿐이라고. 엿보기 상습범으로 몇 번이나 경찰 신세를 진 나한테, 그런 노골적인 노출 플레이는 안 통한단 말이야!"

로리 서큐버스의 연출을 좀 본받으라고. 에로에 수치라는 향신료가 얼마나 효과적인 줄 알 수 있을 거야.

게다가 나는 지금 바빠.

"이 녀석은 왜 이렇게 뻔뻔하게 구는 거야? ……사토 카즈마의 지인 중에는 제대로 된 녀석이 하나도 없잖아. 이 마을은 대체 어떻게 되어먹은 거야!"

세레나는 머리카락을 쥐어뜯으며 괴성을 질렀다. 카즈마 때문에 꽤나 궁지에 몰린 것 같았다.

하지만 이 여자는 진짜 적반하장의 극치네. 변태 주제에 건방져.

"이 녀석은 팬티를 보면 빚을 졌다고 여길 줄 알았어. 그래서 돈을 뜯어낼 수 있을 거라고 생각했는데……."

세레나가 혼잣말을 중얼거리고 있지만 더 얽혀봤자 시간 낭비 같아서 그냥 방치해두기로 했다.

6

"여기도 없네."

일격토끼 몇 마리에게 포위당해서 격퇴했을 뿐 페이트포와 만나지는 못했다.

나한테 정나미가 떨어진 그 녀석이 이웃나라로 돌아갔을 가능성도 진지하게 검토해보는 편이 좋겠는걸.

하지만 그 녀석이 나한테 아무 말도 하지 않고 돌아갈까?

아니, 내가 그 나라를 떠날 때 두고 온 것 때문에 삐쳐서 앙갚음 삼아 그럴 가능성도 있어. ……그렇다면 나한테는 화낼 권리가 없어.

나는 머리를 긁적이고 숨을 크게 들이마셨다.

"좀 더 찾아보기로 할까."

나라로 돌아간 거라면 문제될 것이 없다. 하지만 이 나라 어딘가에 숨어있는 거라면 일이 커질지도 모른다.

페이트포를 찾아냈을 때를 위해 방금 쓰러뜨린 일격토끼를 손질해서 챙겼다. 이 정도로는 간식도 안 되겠지만 그래도 안 먹는 것보다는 나을 것이다.

"좀 더 먼 곳도 찾아봐야겠지. 페이트포라면 훨씬 먼 곳에도 간단히 갈 수 있을 테니까."

마을 근처의 탐색은 그만하고 좀 더 먼 곳까지 가보도록 할까.

하루 종일 돌아다녔지만 진전은 없었다.

슬슬 무릎이라도 꿇고 동료들에게 용서를 비는 수밖에 없겠어. 페이트포를 찾는 걸 관둘 생각은 없지만, 동료들과 사이가 틀어져서 외톨이가 되는 건 정신적으로 대미지가 상당하니까 말이다.

융융은 항상 이런 느낌을 맛보고 있는 건가. ……앞으로는 상냥하게 대해줘야겠다.

무시와 독설을 각오하며 길드에 가보니 내가 온 것을 눈치채지 못할 정도로 시끌벅적했다.

길드 직원도 바쁘게 돌아다니며 게시판에 무언가를 붙이고 있었다.

모험가들은 그 무언가를 둘러싸듯 서서 쳐다보고 있었다.

"짭짤한 퀘스트라도 발생했나?"

모험가들을 헤치고 게시판 앞에 가보니 그곳에는 커다란 의뢰서 한 장이 붙어 있었다.

『화이트 드래곤 포획.』

"뭐?!"

뜻밖의 내용을 보고 놀라서 얼이 나간 나는, 다른 모험가들에게 치여서 게시판 앞에서 밀려났다.

평소 같으면 화를 냈겠지만 지금은 그럴 마음이 들지 않았다.

"맙소사……."

"아. 더스트, 왔구나."

꽤 동요한 건지, 린이 말을 걸 때까지 그녀의 존재를 눈치채지 못했다. 린의 뒤편에는 테일러와 키스도 있었다.

저 녀석들이 말을 걸어온 것을 보면 나한테 그렇게 화가 난 것 같지는 않았다.

"의뢰서를 봤는데 말이야."

"지금 길드 안이 그 이야기로 시끌벅적해. 화이트 드래곤의 목격 정보가 많이 들어온 건지, 길드도 본격적으로 움직이기 시작한 것 같아."

"……진짜로 화이트 드래곤인 거야?"

"그런 것 같더군. 행운과 부귀영화를 가져다준다는 새하얀 드래곤인 만큼, 일확천금을 노리는 녀석들이 관심을 보이고 있어."

화이트 드래곤— 잡티 하나 없는 순백의 몸을 지닌 신성 속성의 희소 드래곤이다. 성격은 얌전하며 머리가 좋은 종족이지만 어떤 이유로 멸종의 위기에 처해 있다.

"화이트 드래곤의 이빨이나 뼈를 가지고 있으면, 행운치가 상승해서 떼돈을 벌게 된다는 이야기가 한때 화제가 됐었잖아. 그걸 진짜로 믿은 귀족과 상인, 부자들한테는 지금도 화이트 드래곤이 인기가 좋다더라고. 만약 포획해서 팔아치운다면 평생 놀고먹을 수 있지 않을까?"

키스의 말은 사실이다.

실제로 화이트 드래곤의 소재는 비싼 가격에 거래된다. 일반적으로 알려져 있지는 않지만 그 피와 살에는 불로불사의 효과가 있을지도 모른다는 소문이 있다.

그런 정보를 믿는 녀석들이 화이트 드래곤을 남획한 바람에 멸종됐다는 설이 있었지만 그 설은 몇 년 전에 뒤집혔다.

"화이트 드래곤 관련으로 유명한 건—"

"그 드래곤나이트 말이군요!"

테일러의 말을 끊고 끼어든 이는 바로 융융이었다.

길드에 있었구나. 여전히 존재감이 없는걸.

하지만 드문 일도 다 있네. 이 녀석이 적극적으로 이야기에 끼어드는 것 자체가 흔한 일이 아닌데…….

"그 드래곤나이트? 어느 드래곤나이트 말이야?"

"아, 이야기를 방해해서 죄송해요……."

"괜찮아. 사과할 필요 없으니까, 그 드래곤나이트에 관한 이야기를 해줄래?"

흥분한 탓에 주위가 보이지 않았던 융융이 몇 번이나 고개를 숙였다.

린은 딱히 개의치 않으며 이야기를 계속 해보라고 했다.

"그게 말이죠. 이웃나라에 드래곤나이트가 있다는 건 알고 있죠? 드래곤나이트 중에서도 젊은 천재라 불리던 사람이 있었어요. 성실하고 잘생긴 데다 기사의 귀감 같은 사람이었죠. 그리고 그 사람이 타던 드래곤이 바로 화이트 드래곤이었다! ……는 것 같아요."

이야기를 하면 할수록 점점 흥분하던 융융은 자기 목소리의 크기를 눈치챈 건지 손으로 입을 막았다.

"새하얀 드래곤에 탄 기사님이라, 정말 멋져요……. 하아아아, 동경할 것만 같아요. 저한테도 언젠가는 백룡을 탄 왕자님이 나타날까요?"

가슴 앞에 손을 모으고 망상의 세계에 빠진 융융은 그냥 내버려두자.

"나도 이야기는 들은 적 있어. 이웃나라의 공주를 유괴한 드래곤나이트 말이지? 처형당해 마땅한 죄를 지었지만, 실은 유괴가 아니라 공주의 부탁이었다더군. 하지만 무단으로 공주를 며칠이나 끌고 다닌 사실이 사라지는 건 아니지……. 결국 귀족의 지위를 잃게 된 드래곤나이트는 나라에서 추방되었다고 해.”

“그런 아무래도 상관없는 이야기보다, 퀘스트에 대해서 의논하자고. 너희는 이 퀘스트를 맡을 생각이야?”

이야기가 묘한 방향으로 엇나가려고 하자 나는 본론 쪽으로 이야기를 틀었다.

시선이 느껴져서 곁눈질로 확인해보니 린이 할 말이 있는 표정을 짓고 있었다. 좀 부자연스러웠나.

“우리에게 드래곤 퇴치는 버거워. 다른 녀석들은 십여 명씩 파티를 짜려는 것 같던데…….”

“카즈마 녀석들이 참가한다면 승산이 있을지도 모르지만, 다른 일로 바빠서 참가할 수 없대. 아쿠아가 있다면 소생을 받을 수 있을 텐데.”

테일러와 키스도 소극적인가.

화이트 드래곤은 다른 종족에 비해 성격이 온화하지만 한 번 화나면 걷잡을 수 없다.

다른 모험가들이 힘을 합쳐서 맞서더라도 이길 수 없을 것이다.

“목격담에 따르면 몬스터와 거칠게 싸우며 목격자들을 향해 위협하듯 으르렁거리기는 했지만, 인간에게는 전혀 해를 끼치지 않은 것 같아. 그런 녀석을 잡는 건 좀 안 됐다는 생각이 들어."

위협? 그 말이 좀 걸리기는 했으나 나는 캐묻는 것 대신 제안을 했다.

"하지만 의뢰서에는 그 드래곤에 관한 정보만이라도 비싼 가격에 산다잖아. 얌전한 드래곤이라면 찾아내는 것 자체는 수월하지 않을까?"

"드문 일도 다 있네. 네가 적극적으로 위험한 일에 머리를 들이밀다니 말이야."

"정보가 사실이라면 부상자도 없는 거잖아. 온화한 종족이라니까 괜찮을 거라고. 그리고 그 희소하다는 화이트 드래곤을 보고 싶지 않아?"

동료들은 내 말에 모험가로서의 호기심이 동한 건지 팔짱을 끼고 끙끙거렸다.

조금만 더 밀어붙이면 되겠군.

나는 심호흡을 한 후 마음을 굳게 먹고 입을 열었다.

"겸사겸사……. 저기, 뭐냐. 페이트포를 찾는 것도 도와주지 않겠어? 만에 하나라도 그 녀석이 드래곤과 마주친다면 위험할 거야. 그리고 혼자 찾아다니는 것도 이제 한계거든."

내가 멋쩍은 듯이 고개를 돌리면서 그렇게 말하자, 한순간 놀란 표정을 지은 동료들이 곧 히죽거리며 능글맞은 미소를 지었다.

"어라~, 어라라~. 페이트포 양은 이제 아무래도 상관없다면서~?"

"그 애는 이미 돌아간 것 아니었어? 응~?"

"어이어이, 우리 몰래 혼자 찾아다닌 거야? 솔직하지 못한 녀석이라니깐. 의외로 귀여운 구석이 있는걸."

젠장, 이렇게 될 것 같아서 말하고 싶지 않았던 건데!

히죽거리면서 다가오지 마! 내 볼을 손가락으로 누르지 말라고!

부탁하는 처지라 참고 있으니 나를 놀린 것으로 만족한 동료들이 수색을 도와주겠다고 말했다.

"저기~, 저도 같이 가도 될까요?"

융융이 머뭇거리며 손을 들었다.

"물론이지. 환영할게. 만일 드래곤과 마주친다면, 그때는 잘 부탁해."

"저, 저만 믿으세요! 에헤헤, 남이 의지해주니 기분 좋네요."

이것으로 여차할 때에 대비한 전력도 확보됐다.

이제 탐색 쪽으로 유능한 녀석만 있으면 된다. 가능하면 좀 더 세세한 장소를 알고 싶다.

그 두 요구조건을 충족시키는 방법이라면—.

"뭐, 그렇게 됐으니까 나리가 점 좀 쳐주면 안 될까?"

마도구점에 가보니 앞치마를 한 나리와 바닥을 닦고 있는 로리 서큐버스가 있었다. 저 녀석은 요즘 들어 낮에는 마도구점, 밤에는 서큐버스 가게에서 일하고 있네.

미인 점주인 위즈의 모습은 보이지 않았다. 바닥의 탄 자국을 걸레로 닦고 있는 것을 보면 또 사고를 치고 나리한테 혼쭐이 난 것 같았다.

"흠. 그러니까, 그 백은색 계집의 행선지를 내다보면 되는 것이냐?"

"그래. 부탁할게, 나리. 보수는…… 지금은 가진 게 없지만, 나중에 꼭 갚을게! 진짜야!"

내가 손바닥을 맞대고 고개를 숙이자 나리는 작게 한숨을 내쉬었다.

눈가를 가린 가면 때문에 표정을 알아보기 힘들지만 어이없어 하고 있다는 것이 전해져왔다.

"네놈이 외상을 갚을 거라 믿는 자가 액셀 마을에 있을 것 같지는 않군. 뭐, 좋다. 내다봐주지."

"오오오, 고마워, 나리!"

"단, 조건이 있다."

나리가 내 귀에 입을 대고 한 말의 내용은 타당한 조건이었기에 이것으로 교섭은 성립됐다.

"그런 걸 원하다니, 역시 대단하네."

"이 몸에게는 그 무엇도 숨길 수 없다. 그 계집이라면 지금…… 호수 근처에 있는 것 같구나. 일전에 안락 소녀가 있던 장소 같은걸."

"아~, 거기구나. 고마워, 나리. 그리고 이 녀석을 잠시만 빌려도 돼?"

"바닐 님을 위해서라면 그 어떤 더러운 일도~. 꺄앗! 뭐 하는 거예요?!"

나는 나리를 유혹하려는 듯이 엉덩이를 흔들며 바닥청소를 하던 로리 서큐버스의 목덜미를 움켜쥐고 일으켜 세웠다. 일단 허가를 받아야겠지.

"상관없다. 구워먹든 삶아먹든 알아서 하도록."

"너무하세요! 하지만…… 저를 푹 삶은 육수로 만든 수프를 바닐 님께서 드셔주신다면, 그것도 괜찮을 것 같네요!"

괜찮은 거냐. 로리 서큐버스는 바닐 나리가 죽으라고 말하면 진짜로 죽을 만큼 나리를 맹신하고 있네. 세레나의 추종자였던 녀석들이 멀쩡해 보일 정도야.

"그럼 빌려갈게. 앞치마 벗고 빨리 따라와."

"그게 남한테 부탁하는 사람의 태도예요?! 친한 사이일수록 예의를 지키라는 말도 몰라요?"

"가게 안에서 난동부리지 마라. 청소가 끝났으니 이제 볼일은 없지. 저 양아치와 함께 놀아나든 말든 내 알 바 아니다."

"아앙. 저 차가운 태도도 최고예요! NTR 전개를 선호하신다면, 할 수 없이, 마지못해, 더스트 씨와……."

정신 나간 발언을 늘어놓으면서 이쪽을 쳐다보지 마.

나리 쪽에서 보이지 않도록 오만상을 찡그리지 말라고! 나한테도 거절할 권리는 있거든?!

이 녀석, 바닐 나리를 향한 애정이 날이 갈수록 악화되고 있는 거 아냐?

아쉬워하며 청소도구를 정리한 로리 서큐버스는 요염하게 앞치마를 벗으려 했지만 겉모습 때문에 어린애가 옷을 갈아입는 것처럼 보였다.

바닐 나리의 눈길을 의식하고 있는 것 같은데 나리는 이쪽을 전혀 쳐다보지 않네.

"무시당하는 와중에 샘솟는 이 느낌⋯⋯. 이게 경멸당하면서 방치되는 기쁨이군요. 다크니스 씨의 심정을 조금이나마 이해했어요. 새로운 무언가에 눈뜰 것 같아요."

"어이, 눈뜨면 안 돼!"

인마, 변태의 심정을 이해하지는 말라고. 꿈의 내용이 마조히스트 취향으로 점철되는 건 사양이란 말이다.

나는 우는 시늉을 하며 나리를 향해 손을 흔드는 로리 서큐버스를 끌고 갔다.

"바닐 님이 점점 멀어지고 있어⋯⋯. 돌아가면 바닐 님의 향기를 가슴 가득 들이마셔야지. 아, 전에 얻었던 바닐 님의 육체 파편에는 아직 냄새가 남아있을 거야. 돌아가자마자 확인해봐야지!"

나리의 몸이라면 흙으로 되어 있잖아. 흙냄새 밖에 안 날 거야.

"어이, 변태는 차고 넘치니까 너까지 그쪽으로 가지는 마."

"바닐 님을 향한 저의 사랑을 변태 취급하지 마세요! 이건 순수한 사랑이란 말이에요!"

"스토커는 누구나 그렇게 말하지……."

이 녀석을 데려온 게 후회되지만 수색에는 꼭 필요한 인재다.

이 녀석에게 기대하는 건 비행 능력이다. 하늘에서 찾으면 지상에서 찾을 때보다 쉽게 찾을 수 있을 것이다.

아직은 마도구점 쪽을 힐끔힐끔 쳐다보고 있어도 나리한 테서 완전히 떨어지면 멀쩡해지겠지?

7

"화이트 드래곤을 포획하기에는 인원이 부족하다는 느낌이 들지만, 원래 목적은 그게 아니니까 괜찮을 거야."

"린. 말이 씨가 된다는 소리 몰라? 그런 소리하면 딱 마주 친다고."

"그런 무시무시한 소리 하지 마."

총 여섯 명인 우리는 나리가 말한 호수로 향하고 있었다.

도중에 다른 모험가가 드문드문 보였으나 대부분 의뢰서

에 기재된 목격 장소로 향하고 있었다.

호수는 그 목격 장소에서 떨어진 곳인 만큼 다른 녀석들에게 추월당할 일은 없을 것이다.

"호수에 페이트포 양이 있다고 바닐 씨가 말한 거지?"

"그래. 그리고 나리의 점괘는 거의 대부분 적중하거든."

적중률이 장난 아니지. 점이라기보다 예언이나 다름없어.

이제 슬슬 보일 것 같은데, 문제는 나리가 했던 말이다. 그건 어떤 의미—.

"호수에 도착했군. 여기는 넓으니까 두 팀으로 나뉘어서 탐색하자. 호수를 따라 오른편과 왼편에서 나아가며 살펴보면, 놓치는 곳 없이 둘러본 후에 합류할 수 있겠지."

테일러의 의견에 반론할 생각도 없었기에 우리는 파티를 둘로 나누기로 했다.

나는 린, 로리 서큐버스가 함께 가기로 했다.

다른 팀은 키스, 테일러, 융융이다.

남자 사이에 여자 혼자라는 불안감, 그리고 저 두 사람과는 거의 이야기를 나눠본 적이 없기 때문인지 융융은 새하얗게 질린 얼굴로 부들부들 떨고 있었다.

"너, 얼굴을 보니 금방이라도 골로 갈 것 같아."

"괘, 괜찮아요. 홍마족의 차기 족장으로서 커, 커뮤니케이션 능력도, 갈고닦아야 해요."

더듬더듬 겨우 말을 잇는 융융의 모습을 보니 전혀 괜찮아 보이지 않았다.

"이쪽은 나와 키스로 충분해. 사람 찾는 데 유효한 스킬인 《천리안》이 있거든."

"그래. 융융은 저쪽을 도와줘. 이쪽은 후덥지근한 남자 둘이서 마음 편히 돌아보겠어."

그 모습을 보다 못한 두 사람은 융융을 우리 쪽으로 보내려 했다.

"아, 아뇨. 이미 정해진 일을 번복할 수는 없어요. 그런 억지를 부리면 안 된다고요."

말은 그렇게 하면서도 융융은 기대에 찬 표정으로 우리 쪽을 몇 번이나 쳐다보았다.

이대로 뒀다간 다음에 우리와 합류할 때까지는 입도 뻥긋하지 않을 것 같았다. 긴장 탓에 사람을 찾을 여유조차 없겠지.

"그럼 이쪽으로 와. 외톨이인 녀석의 행동 패턴이라면 네가 빠삭할 거 아냐."

"어, 어쩔 수 없네요. 정 그렇다면 더스트 씨와 같이 갈게요."

말은 그렇게 하면서도 융융은 안도한 표정을 짓고 있었다. 내가 가볍게 놀린 것도 눈치 못 챈 것 같네. 다른 두 사람과 헤어진 우리는 호숫가를 천천히 걸었지만 아직까지는 이상한 점을 찾지 못했다.

"저, 저기~. 이제 와서 든 생각인데, 페이트포 양이 혼자서 이런 곳까지 올 수 있을까요? 아무래도 무리일 것 같은데요."

"어린애가 걸어올 수 있는 거리가 아니긴 해요. 보통은 무리겠지만, 바닐 님의 말씀이 틀렸을 리가 없어요!"

"…………."

융융이 의문을 입에 담자 로리 서큐버스는 바닐 나리를 향한 신뢰로 그 의문을 불식시키려 했다.

린은 긍정도 부정도 하지 않고 나를 지그시 쳐다보기만 했다.

"나리의 말이니까 틀림없을 거야. 남을 놀리는 게 취미이기는 해도, 이럴 때는 제대로……!"

갑자기 머리가 어질하면서 눈앞의 풍경이 붉은 색으로 물들었다.

나는 서 있을 수 없어서 한쪽 무릎을 꿇고 말았다.

"갑자기 왜 그래? 발이라도 헛디뎠어? 정말 얼간이라니깐."

린의 가벼운 농담에 대답할 여유조차 없었다.

느닷없이 엄습한 이 감각은 뭐지?!

동료들에게 들키지 않도록 심호흡을 반복하자 그 불쾌한 감각이 아주 약간 누그러들었다.

"어제 마신 술기운이 남아있나 보네. 좀 쉴 테니까, 너희는 먼저 가."

나는 호수를 향해 다리를 뻗은 채 털썩 주저앉았고 등 뒤에 있는 이들이 나를 돌아보지도 않으며 계속 나아갔다.

"정말 못 말린 사람이네요. 나중에 꼭 따라오세요."

"과음은 좋지 않아요. 제 본업에도 영향이 생긴단 말이에요."

"……먼저 갈게."

세 사람이 나를 두고 간 후 나는 호수에 다가가서 수면을 응시했다.

수면에 비친 내 눈동자는 평소보다 붉었다.

"그렇게 된 거냐."

불쾌한 느낌을 억누르고 몸을 일으킨 나는 일행과는 다른 방향으로 뛰어갔다.

호숫가에 펼쳐져 있는 울창한 나무들 사이로 몸을 날린 후 나는 신경을 날카롭게 만들었다.

숲에 부는 바람 소리.

자연의 진한 향기.

그것이 평소보다 예민하게 느껴졌다.

"가까운 곳에 있어. 어디야. 어디 있는 거냐고, 페이트포."

숲 안쪽에서 무언가가 부러지는 소리가 들렸다.

이것은 나무가 부러지는 소리다. 그것도 한두 그루가 아니다. 나무를 마구 쓰러뜨리며 나아가고 있는 건가. 평소 같으면 몬스터와의 조우를 우려해 머뭇거렸겠지만 나는 주저 없이 그 소리가 들리는 곳으로 향했다.

소리가 점점 커지면서 선명해졌다. 동시에 발치를 통해 진동이 느껴졌다.

거대한 무언가가 날뛰고 있는데, 이것은 아마…….

나아가는 방향 쪽이 숲속이라고 하기에는 너무나도 밝았다. 저기가 진원지인가.

다가가면 갈수록 내가 느끼고 있는 불쾌한 느낌이 더욱 강해졌다. 뱃속 깊은 곳에서 샘솟는 이 감정은…… 분노다. 그리고 이건 슬픔, 인가?

그것만이 아니다. 여러 감정이 나에게 흘러들어오고 있었다.

감정에 휘둘리면서도 걸음을 멈추지 않고 나아가자 발치에 쓰러져 있던 무언가에 발이 걸려 넘어질 뻔 했다.

"하아, 하아. 이런 데다 쓰레기를 버리지 말라고. 이 대량의 채소는 대체 뭐…… 어이. 이거 혹시 만드라고라 아냐?!"

그러고 보니 아쿠시즈교의 민폐 프리스트가 무료 배식에 쓰고 남은 만드라고라를 숲에 버렸다고 했었지. 그게 여기였냐!

주의 깊게 살펴보니 모든 만드라고라에 누군가가 먹은 흔적이 있었다.

"그래. 이걸 먹고 혼란에 빠진 거구나."

이것으로 난동을 부리는 이유가 밝혀졌다.

자기 자신이 다른 누군가가 되는 듯한 감각에 저항하며 나는 어찌어찌 나무 사이를 나아가 탁 트인 장소에 발을 들였다.

수많은 나무가 부러지면서 강제적으로 만들어진 그 공간에는 화이트 드래곤 한 마리가 있었다.

다른 드래곤과 달리, 그 존재에게는 두려움보다 아름다움이 존재했다.

얼룩 하나 없는 새하얀 피부는 하늘에서 쏟아지는 빛을 받아 장엄한 빛을 뿜고 있으며, 나를 위협하듯 날개를 활짝 펼친 모습은 천사를 연상하게 했다.

그 목에는 빨간 보석이 달린 목걸이가 걸려 있었다.

부와 행운의 상징으로서만이 아니라, 관상용으로도 비싼 가격에 거래되는 것이 납득될 정도로 아름다웠다.

"너는―."

"크그르아아아아아아앗!"

내 말을 끊듯 포효가 들려왔다.

원래는 성미가 온화한 종족이지만 나를 향해 적의를 뿜으면서 송곳니를 드러내고 있었다. 원래는 검은 진주 같은 눈동자 또한 지금은 선혈 같은 붉은색에 물들어 있었다.

"어, 어이. 진정해. 너는 저걸 먹어서 혼란에 빠졌을 뿐이야!"

머릿속의 불쾌한 느낌이 강렬해지고 있지만 휘청거리는 다리로 어찌어찌 화이트 드래곤을 향해 걸어갔다.

내가 다가가니 상대는 위협을 하듯 후퇴했다.

"괜찮아. 무서워할 필요 없으니까, 그렇게 경계하지 마."

그렇게 말하며 손을 천천히 내밀―.

"더스트, 뭐하는 거야! 『라이트닝』!!"

비명에 가까운 고함소리가 들리더니 눈앞에 있던 화이트 드래곤이 크게 휘청거렸다.

뒤를 돌아보자 린이 나를 향해 뛰어오고 있었다.

"키샤아아아아아!"

화이트 드래곤은 섬광에 휩싸인 몸을 비틀고 붉게 물든 눈동자로 린을 주시했다.

"네가 왜 여기 있는 거야?!"

"네가 이상해서 쫓아왔어! 그것보다 왜 무기를 안 든 거야?! 죽고 싶어?!"

"이 녀석은 나를 해치지 않아! 그러니까 나서지 마!"

나는 린을 향해 고함을 지른 후 화이트 드래곤과 다시 시선을 마주했다.

"미안해. 놀랐⋯⋯지?"

뒤를 돌아본 내 눈앞에는 거대한 발톱이 있었다.

그 날카로운 발톱이 내 어깻죽지에 닿고 그대로 내 몸을 강타하며 지나갔다.

우직, 하는 귀에 거슬리는 소리가 들린 후 주위의 경치가 앞쪽으로 흘러갔다.

아니다! 내 몸이 뒤편으로 날아가고 있는 건가!

등에서 격렬한 충격이 느껴졌고 커다란 나무가 두 동강이 나며 쓰러졌다.

"커억!!"

나무에 내동댕이쳐진 충격 탓에 숨을 쉴 수가 없어…….

붉은색으로 물든 시야에 나를 향해 뛰어오는 린의 모습이 비쳤다.

평소의 드센 표정만 봐서는 상상조차 안 되는, 금방이라도 울음을 터뜨릴 듯한 표정을 짓고 있었다.

"더스트, 더스트! 정신 차려!!"

그러고 보니 전에도 울음 섞인 목소리로 나를 불렀지…….

불쾌한 느낌과 숨 막히는 고통 탓에, 머릿속이 멍해졌다. 큰일 났다. 이대로 있다간, 정신을 잃을…………

8

"내 운명은 여기서 끝나는 건가."

발치에는 셀 수 없을 만큼 많은 몬스터의 사체가 굴러다니고 있었다.

이렇게 많은 몬스터를 쓰러뜨린 자신을 칭찬해주고 싶지만 눈앞에는 여전히 무수한 몬스터들이 있었다.

동료가 도망칠 시간을 벌기 위해 마지막까지 남는 것을 자처했는데, 역시 무리였나.

왼손은 부러진 건지 꼼짝도 하지 않고 이마에서 흘러내린 피가 오른쪽 눈에 들어간 탓에 시야가 가려졌다.

갑옷도 흠집투성이였으며 금이 간 곳도 눈에 들어왔다. 강렬한 공

겪을 한 방만 더 맞는다면 그대로 박살나버릴지도 모른다.

"만신창이라는 말은 이런 상태를 두고 하는 말일까. 하지만 동료들을 무사히 도주시켰어. 기사로서 최고의 최후를 맞이할 수 있겠지. 내가 죽는다면…… 울어주실까?"

그 분의 얼굴이 뇌리를 스쳤다.

슬퍼하는 모습을 상상하려 했지만 죽은 나를 향해 화내는 모습만 떠올랐다. 울먹이면서 「내 허락 없이 죽는 건 용서 못해!」라고 공주님께서 외치고 있었다.

사지에 있는데도 쓴웃음이 났다.

"아직 포기하기에는 일러……"

그 분의 말도 안 되는 요구를 다른 사람에게 떠넘길 수는 없다. 게다가 나를 기다리고 있는 건 공주님만이 아니다.

앞으로는 쭉 함께하겠다고 약속했던 것이다. 기사된 자가 맹세를 어길 수는 없다.

슬금슬금 다가오는 몬스터를 향해 창을 내지르자 자루 부분이 부러지며 두 동강이 났다.

가장 자신 있는 무기를 잃었지만 아직 검이 있다. 검을 잃으면 주먹이 있다. 주먹이 으스러지면 이빨이 있다.

"나는 아직 죽을 수…… 없어!"

사력을 다해 검을 치켜들었다.

그런 나를 향해 몬스터들이 일제히 달려들었다.

죽음을 직감했지만 최후의 순간까지 포기할 수는 없다.

검을 움켜쥔 오른팔을 어찌어찌 들어 올렸으나 이제는 검을 휘두르를 힘도 없었다.

최후의 발버둥 삼아 자신에게 달려드는 몬스터를 똑바로 쳐다보았다.

그리고 날카로운 발톱이 내 몸에 닿기 직전, 시야가 새하얀 색으로 물들었다.

순백의 드래곤이 나타난 것이다.

그 드래곤은 몬스터 무리에 뛰어들더니 새하얀 몸이 피에 물드는 것을 개의치 않으며 몬스터들을 쓸어버렸다.

"나를 구하러 온 거냐······ 파트너."

아무리 드래곤이라도 역부족이었다. 아름다운 몸에 무수한 상처가 생기고 피가 쉴 새 없이 흘러나왔다.

그런데도 새하얀 드래곤은 나를 구하기 위해 필사적으로 싸웠다.

나는 쓰러지기 직전이었던 몸을 억지로 움직여 다시 전장 한가운데로 뛰어들었다.

9

새하얀 무언가가 천천히 다가오고 있었다.

나는 저 녀석에게 당했······. 왜, 당한 거지?

뭔가 언짢아 할만 한 짓을······. 아냐, 나는 찾으러······.

나······ 나는, 누구를······.

울면서 나에게 매달려 있는 이 여성······ 이 얼굴······ 공주

님이다.

드래곤 한 마리가 공주님에게 달려들고 있었다.

나는 공주님을 지키는 기사다.

이런 데서 자고 있을 때가 아니다!

"안심, 하십시오. 제가 반드시 지켜드리겠습니다."

비틀거리면서 몸을 일으킨 나는 강대한 적으로부터 공주님을 감싸기 위해 앞으로 나섰다.

"장난칠 때가 아니잖아! 빨리 도망쳐야해!"

"이 목숨을 걸고, 반드시 지켜드리겠습니다."

공주님을 지키다 목숨을 잃는다면 그것은 기사로서 명예로운 일이다.

장기인 창을 고쳐 쥐려 했지만 아무래도 잃어버린 것 같았다. 허리에 차고 있던 예비용 검을 뽑아들었다.

처음 보는 검이지만 손에 익었다. ……처음 봐?

그렇다면 나는 왜 이걸 허리에 차고 있는 거지?

아니, 고민할 때가 아니다. 나는 공주님을 지켜야만 한다!

결의를 품고 드래곤에게 맞서 싸우려던 순간, 공주님께서 내 얼굴을 두 손으로 움켜잡았다.

그리고 억지로 자기 쪽으로 잡아당겼다.

"기분 나쁘니까 존댓말 쓰지 마! 그리고 너는 이런 헌신적인 녀석이 아니잖아! 교활하고, 제멋대로에, 남에게 폐만 끼치는…… 이런 상황에서도 바보 같은 소리를 늘어놓으며,

비겁한 수단을 써서라도 살아남는 녀석이 바로 내가 아는 더스트란 말이야!"

공주께서 무슨 소리를 하시는 걸까.

내 이름은 라인 셰이커. 더스트라는 이름이 아니다. 고결한 드래곤나이트인 것이다.

"공주님, 정신을 차리십시오."

"정신 차릴 사람은 너야! 아직도 눈이 새빨간 걸 보면, 제정신이 아닌 것 같네. ……이렇게 되면 최후의 수단이야!"

공주님의 얼굴이 더욱 가까이 다가왔다. 피부와 피부가 닿기 직전, 공주님은 얼굴을 뒤편으로 한껏 뺐다.

"어?"

그리고 그대로 힘차게 얼굴을 내밀더니— 이마와 이마가 격돌했다.

"으그아아아아악! 아프잖아! 완전 돌대가리네!"

"크으으! 꽤 아프기는 하지만, 정신을 차렸나 보네. 자기 이름을 말해볼래?"

"내 이름? 그야 더스트지. 머리가 이상해지기라도 했어?"

"그건 내가 할 말이야. ……바보."

아직도 머리에 안개가 낀 듯한 위화감이 남아있었다. 가슴속의 울분과 엉망진창인 감정도 전부 무시해주겠어!

옛날의 나라면 구질구질하게 고민에 잠겼겠지만 지금의 나는 더스트라고!

"너도 언제까지 얼이 나가 있을 거냐고! 이상한 거 주워 먹지 말라고 내가 항상 말했잖아!"

나는 어찌된 영문인지 이마를 움켜쥔 채 우리를 멍하니 쳐다보고 있던 화이트 드래곤을 꾸짖었다.

내가 화났다는 게 전해진 건지 변명을 하듯 고개를 좌우로 저으면서 커다랗게 펼친 날개를 접었다.

"어, 화이트 드래곤이 겁을 먹은 거야?"

"빨리 정신 안 차리면 저녁 굶길 거다!"

내가 고함을 지르자 화이트 드래곤은 몸을 부르르 떨었다.

정신을 차렸기를 한순간 기대했지만 눈이 여전히 시뻘건 화이트 드래곤은 입을 크게 벌렸다.

날카로운 이빨이 줄지어 있는 입 안쪽에서 불꽃이 일렁이고 있었다.

이 근거리에서 브레스로 우리를 태워버릴 생각인 거냐!

혼자라면 브레스를 피할 수 있겠지만 내 뒤편에는 린이 있다.

나는 전력으로 대지를 박차며 크게 도약해서 단숨에 화이트 드래곤과의 거리를 좁혔다.

"어, 엄청난 도약력이네?!"

린의 당황한 목소리가 들린 순간, 격렬한 불꽃이 나를 향해 뿜어졌다.

이 각도라면 린에게는 닿지 않아!

온몸이 불꽃에 뒤덮인 상태에서 나는 주먹을 말아 쥐었다.

"이제 그만 정신 차려, 페이트포!"

불꽃에서 뛰쳐나온 나는 그대로 드래곤의 정수리를 향해 주먹을 휘둘렀다.

둔탁한 소리가 숲속에 울려 퍼지더니 내 주먹질 때문에 발생한 충격파에 의해 나뭇가지와 풀이 흔들렸다.

두들겨 맞은 화이트 드래곤이 어떻게 되었냐면, 비틀거리며 대지에 그대로 쓰러졌다.

그리고 몸의 표면이 옅은 빛에 감싸이면서 서서히 몸집이 작아지더니 드래곤의 몸이 사라진 자리에는 울먹거리고 있는 조그마한 여자아이— 페이트포가 있었다.

"어, 어, 어어어어어어엇?!"

린이 그 광경을 목격하고 놀란 건지 바보처럼 입을 쩍 벌리고 얼이 나갔다.

"잘못해써. 떨어져 있는 째소 먹었더니, 기분 나빠지면서, 멀 하는 건지 모르게 대써. 더스뜨를 상처이피고 십찌는 아나써. 하지만, 모미 말을 안 드러써……."

페이트포는 눈물을 뚝뚝 흘리면서 오열 섞인 목소리로 그렇게 말하고 부들부들 떨었다.

충분히 반성하는 것 같네.

나는 고개를 숙인 페이트포의 머리에 손을 얹은 뒤 상냥히 쓰다듬어줬다.

"정신을 차린 것 같구나. 반성했으면 용서해줄게. 피부도 딱 보기 좋게 탔으니까 개의치 마. 저기, 그게, 뭐냐. ……나도 신경써주지 못해서 미안해."

내가 이웃나라에 두고 간 바람에 쓸쓸했을 이 녀석의 마음을 좀 더 헤아려줘야 했다.

드래곤나이트로서의 지위와 고향을 잃은 나를 따라오는 것보다, 그 나라에서 소중히 여겨지는 편이 나을 거라고 판단해서 두고 온 건데…… 그건 실수였던 걸지도 모른다.

오랜만에 재회한 나는 인간의 모습이 된 페이트포를 처음으로 보고 동요했으며 어떻게 대응하면 좋을지 몰라 갈팡질팡했다. 그 결과, 페이트포를 괴롭게 한 것이다.

"설마 네가 인간의 모습으로 나를 만나러 올 줄은 몰랐어."

내 모국은 다른 나라에 비해 드래곤에 관한 지식이 풍부하고 나도 드래곤나이트로서 기밀정보를 알고 있었다. 그래도 그 소문이 진짜일 줄은 몰랐다.

드래곤은 오랜 세월을 살면서 하위종, 중위종, 상위종으로 성장한다.

알에서 태어난 후로 백 년가량은 하위종이라 불린다. 그후에는 중위종으로 구분되며 인간에게 버금가는 지혜를 가지기에 인간의 말을 이해할 수 있다고 한다.

중위종이 더욱 긴 세월을 살면서 자아에 눈뜨게 되면 상위종이라 불리며 인간으로 변하는 술법을 쓸 수 있게 된다.

이웃나라에 두고 왔을 때는 아슬아슬하게 중위종이었고 나와 헤어진 후에 상위종이 되었으리라. 아직 익숙하지 않은 술법을 써서 인간으로 변하면서까지 나를 만나러 온 것이다.

"여러모로, 미안했어."

"아냐. 더스쁘, 싸랑애!"

나는 품에 뛰어든 페이트포를 꼭 안아줬다.

옛날에도 이렇게 내 가슴에 얼굴을 비비곤 했었지.

"……어린애는 마음 가는 대로 행동할 수 있어서 좋겠네."

"린, 방금 무슨 말 했어?"

"아니~. 네가 뭔가를 숨기고 있다는 건 눈치챘지만, 설마 화이트 드래곤의 정체가 페이트포 양일 줄은 몰랐어. 사람은 너무 놀라면 오히려 침착해지네. 처음 경험했어."

린이 쓴웃음을 짓고 다가왔다.

페이트포의 정체를 알면 더 당황할 줄 알았는데, 의외로 침착하네.

"저기 말이야. 이 일은 비밀로 해주지 않겠어? 여러모로 문제가 될 수 있거든."

"알아. 화이트 드래곤이라는 게 알려지면 표적이 되잖아. 게다가 페이트포 양만이 아니라 너도 곤란해지는 거지?"

그렇게 말하며 윙크를 하는 린에게서 나는 눈을 뗄 수가 없었다.

호화로운 저택의 지하에 숨겨져 있는 방의 문을 걷어차서 열어젖힌 후, 안으로 뛰어들었다.

"꼼짝 마라! 나는 브라이들 왕국기사단의 라인 셰이커다! 법으로 금지되어 있는 화이트 드래곤을 사육하고 있다는 정보를 입수했다. 순순히 오랏줄을 받으면 죄가 조금은 가벼워질 거다!"

기사로서 부끄럽지 않은 자기소개와 선언을 했지만 대꾸하는 이가 없었다.

문 너머에서 기척이 느껴졌는데 보아하니 아무도 없는 것 같았다.

……조금 부끄럽다.

"어험."

검을 뽑아든 채 실내를 둘러보았다.

지하인데도 천장이 꽤 높았고, 이 널찍하고 살풍경한 공간에는 가구가 전혀 없었다.

벽과 바닥과 천장이 두꺼운 철판으로 되어 있는 건 이 방 구석에 있는 생물에 대한 대책이리라.

언뜻 봐도 튼튼해 보이는 우리 안에는 몬스터 한 마리가 몸을 웅크리고 있었다.

어둑어둑한 방 안인데도 마치 스스로 빛을 뿜고 있는 것처럼 새하얀 몸이 보였다.

송곳니를 드러낸 화이트 드래곤의 붉은 눈은 날카로운 적의를 뿜으며 나를 위협했다.

"크가아아아아아아앗!"

어마어마한 포효가 내 고막을 뒤흔들었다.

그 엄청난 박력에 전투태세를 취할 뻔 했지만 나는 손에 쥔 검을 바닥에 던져버렸다.

화이트 드래곤의 목에는 두꺼운 사슬이 감겨 있었고 몸에는 무수한 상처가 나 있었다.

소문에 따르면 화이트 드래곤은 신성마법을 쓸 수 있다고 한다. 그런데도 자신의 상처를 치유하지 않았다.

즉, 이 우리가 마법을 쓰지 못하게 하는 일종의 마도구인 것이다.

"이렇게 심한 짓을 하다니……."

이 애는 나를 위협하려는 것이 아니다. 인간이 무서워서 떨고 있는 것뿐이다.

"자, 무기는 버렸어. 이제 괜찮으니까 안심해."

나는 여전히 으르렁거리고 있는 화이트 드래곤을 정면에서 똑바로 바라보았다.

무기를 던져버리고 해를 입힐 의도가 없다는 걸 보여주듯 두 팔을 펼친 채 천천히 다가갔다.

드래곤의 거대한 몸으로는 통과할 수 없는 우리의 틈새를 통해 안으로 들어갔다.

드래곤이 목을 내밀면 내 머리를 간단히 물어뜯을 수 있는 거리까지 접근했다.

화이트 드래곤은 입을 크게 벌리고 물어뜯으려는 시늉을 했지만 나는 그게 허풍이라는 것을 눈치챘다.

살의가 전혀 느껴지지 않았던 것이다.

그런 나를 보고 당황한 건지 화이트 드래곤은 입을 꾹 닫고 흥미롭다는 듯 나를 응시했다.

"아까 내 말을 들었을지도 모르지만, 다시 자기소개를 할게. 내 이름은 라인 셰이커야. 앞으로 잘 부탁해."

내가 손을 내밀자 화이트 드래곤을 고개를 숙여서 내 손에 볼을 비볐다.

"괜찮다면, 나와 계약을 맺지 않겠어? 너는 내 말의 의미를 알지? 드래곤과 계약을 맺게 된 자는 계약을 한 드래곤이 곁에 있으면 그 힘을 얻을 수 있어. 그 대신 나는 드래곤으로서의 네 본래의 힘을 이끌어 내줄 수 있지."

이 화이트 드래곤은 머리가 좋은 건지 진지하게 내 말에 귀를 기울이고 있는 것 같았다.

"나는 계약을 맺은 상대를 절대 배신하지 않아. 괴로울 때도 즐거울 때도, 앞으로 쭉 함께하자."

"아무튼, 전부 해결되어서 다행이야."

평소와 마찬가지로 모험가 길드의 술집에서 뒤풀이 파티를 했다.

아까, 소동이 일어난 것을 알고 모여든 동료들에게는 화이트 드래곤을 목격하기는 했는데 놓쳤다고 말했으며, 그 후에 페이트포가 이곳에 와서 무사히 합류했다고 이야기했다.

나 혼자서 그렇게 말했다면 의심했겠지만 린이 적절히 얼버무려준 덕분에 다들 믿어준 것 같았다.

"이 녀석을 찾을 수 있었던 건 나리의 점 덕분이야."

"적중률이 너무 높아서 좀 무서울 정도네. 아, 점을 봐준 대가는 결국 뭐였어?"

"아, 외상으로 봐주더라고."

사실 점의 대가로 페이트포의 머리카락과 발톱 끝부분을 건네줬다. 화이트 드래곤의 신체 일부라면 그 정도로도 상당한 가치가 있었다.

"세레나도 카즈마가 어찌어찌 해준 것 같네. 그런데 나는 왜 그런 여자한테 그렇게 빠진 걸까?"

"설마 세레나가 마왕군의 간부였을 줄이야. 우리도 그녀의 술수에 놀아났던 거라고 생각하니 소름이 돋는군."

그 소동에 휘말린 당사자인 키스와 테일러는 어깨를 으쓱했다.

세레나는 상대방에게 빚을 지운 후에 매료시키는 능력을 지녔으며 그 능력은 감사의 마음마저 이용하는 것 같았다.

모험가에게 무료로 마법을 걸어준 것도 상대방이 자신에게 감사하게 해서 빚을 지우기 위한 타산적 행동이었다.

이 두 얼간이도 그 술수에 놀아나고 만 것이다.

"자, 이제 마음 푹 놓고 밥을 먹을 수 있겠네. 약속대로 배터지게 먹어도 돼. 이 두 오빠가 사주기로 했거든."

"응. 열씨미 머글께."

"……너무 힘내지 말아줘."

테일러와 키스의 낯빛이 나쁘지만 내가 알 바 아니다.

페이트포는 배부르게 먹어도 된다는 말을 듣고 힘차게 고개를 끄덕였다. 표정에는 변화가 거의 없지만 왠지 기뻐하고 있었다.

앞으로 어떻게 할지는 딱히 정하지 않았지만 이웃나라로 돌아가지 않고 내 곁에 있으려는 것 같았다.

나로서는 페이트포가 하고 싶은 대로 하게 해주고 싶었다.

……화이트 드래곤이 탈주했으니 이웃나라에서는 난리가 낫겠지만.

그런 내 속을 알 리 없는 페이트포는 메뉴판에서 알코올 이외의 모든 메뉴를 주문한 후 만족한 것처럼 콧김을 뿜었다.

테일러와 키스는 수중에 있는 돈을 확인하고 있었다. 뭐, 으음, 애도를 빌어주지.

나도 술을 주문하려다가 문득 신경 쓰이는 점이 생각났다.

"그런데, 내가 있는 곳은 어떻게 안 거야?"

내가 귓속말로 몰래 물어보자 페이트포는 퍼뜩 놀란 듯한 표정을 지었다.

"말하는 걸 깜빡해써. 저기, 더스뜨가 여기 이따는 건, 공쥬님이 가르쪄줘써."

"뭐어어엇? ……정말?!"

내 입에서 얼빠진 목소리가 터져 나왔다.

어이, 내가 여기 있다는 게 이미 알려진 거냐.

"응. 그리고, 곧 만나러 갈 떼니 잘 부따께~, 라고 말해써."

젠장, 갈수록 태산이네!

오늘은 술을 진탕 마실 생각이었지만 적당히 마시고 대책을 세우는 편이 좋겠다.

그 분이 찾아온다니 불길한 예감 밖에 안 든다고!

에필로그

성의 발코니에서 별하늘을 올려다보는 여성이 있었다.

어깨 아래까지 기른 윤기 넘치는 갈색 머리카락이 밤바람에 흩날리자 그녀는 기분 좋은 듯이 눈을 가늘게 떴다.

그 사람은 여성이라면 누구나 선망할 듯한 고가의 드레스를 완벽하게 소화하고 있었다. 그리고 발소리를 내지 않은 채 난간을 향해 걸어가더니 상반신을 내밀고 밤하늘을 향해 손을 뻗었다.

하늘에서 반짝이는 별을 움켜쥐려는 것처럼······.

"공주님, 한밤중에 탈출하실 생각은 버리시지요."

어느새 발코니 구석에는 연미복을 입은 초로의 남성이 서 있었다.

새하얀 머리카락을 올백으로 단정하게 넘겼으며 입가에는 같은 색깔의 수염이 있었다. 그리고 등을 꼿꼿이 편 채 마치 그림인 것처럼 미동조차 하지 않았다.

"집사장 님, 여성의 침소에 함부로 들어오는 건 문제의 소지가 있지 않을까요?"

"이거 실례했습니다. 그 어떤 벌이라도 전부 받을 테니, 우선…… 로프를 놔주시지 않겠습니까?"

"쳇."

어둠 속에 녹아들 듯한 검은색 로프를 놓자 그 로프가 지면으로 떨어지는 소리가 발코니까지 들려왔다.

"오늘은 할아범이 이긴 걸로 해줄 테니, 고마워 해."

"호오, 순순히 패배를 인정하시는 겁니까. 의외군요. 평소 같으면 마비약을 바른 바람총이나 공격 마법을 인정사정없이 날리셨을 텐데 말이죠."

"어머나. 제가 그런 야만스러운 짓을 할 이유가 없잖아요. 오호호호호."

발치에 굴러다니는 바람총을 발로 차서 발코니 아래로 떨어뜨렸다.

성을 빠져나가려 하는 공주와 그런 공주를 저지하는 집사장 및 메이드의 대결은 이 성의 명물이며, 오늘 같은 일 또한 툭하면 벌어졌다.

"그런 걸로 해두도록 하지요. 그런데, 무슨 일 있으십니까? 꽤 즐거워 보이십니다만……."

"어머, 들통났어? 지금쯤 그 애는 무사히 만났을까~ 라는 생각에 빠져있던 참이야."

"그 말씀은 설마……. 역시, 그 소동도 공주님이 꾸미신 것이었군요. 그 존재가 이 나라에 있어 얼마나 중요한지는 현명하신 공주님이라면 알고 계실 텐데요."

예상은 하고 있었던 것 같지만 그래도 충격을 받은 듯한 집사장은, 이마에 손을 대고 지쳤다는 듯이 고개를 좌우로 절레절레 저었다.

　"할아범, 탈주 걱정을 할 필요는 없어. 모레면 베르제르그 왕국으로 향할 거잖아. 나도 이번 여행을 고대하고 있으니까, 그때까지는 바보 같은 짓을 하지 않겠다고 약속할게."

　"그때까지만이 아니라 앞으로도 쭉 얌전히 계셔주신다면, 이 할아범은 매우 마음이 놓일 것 같습니다만……."

　"긍정적으로 선처해볼게."

　집사장은 진심이 눈곱만큼도 어려 있지 않은 그 말을 듣고 땅이 꺼져라 한숨을 내쉬더니, 예를 표한 후에 발코니에서 모습을 감췄다.

　"라인, 벌써부터 너를 만날 때가 기다려져. 후훗."

　그녀는 밤바람에 녹아드는 목소리로 그렇게 중얼거린 후 실내를 향해 돌아섰다.

■작가 후기

맙소사. 5권이 나왔습니다. 여러분. 이멋세의 스핀오프를 맡게 되었을 때는 1권을 내고 그대로 버려지면 어쩌나 싶어 전전긍긍했습니다만 아니나 다를까 5권까지 도달하고 말았습니다.

이번 권에서는 더스트의 그 비밀이 밝혀집니다. 생각지도 못했던 전개에 놀라신 독자도 많으실 테죠.

……죄송합니다. 말이 심했네요. 이제까지 작품 안에서 그렇게 노골적으로 힌트와 정보를 흩뿌렸으니, 이미 눈치채시고도 남죠. 하지만 예전의 더스트가 어떤 인물이었는지 묘사한 건 처음이니, 그 엄청난 차이에 구역질…… 위화감을 느끼셨을 지도 모르겠군요. 그래도 예전의 더스트는 진짜로 저런 사람이었습니다.

더스트의 과거와 설정은 저의 오리지널이 아니라, 아카츠키 선생님께서 주신 자료에 따른 것입니다. 하지만 이번에 나온 새하얀 여자아이는 저의 오리지널 캐릭터죠.

저는 스핀오프 담당이기 때문에 가능한 한 오리지널 캐릭터는 만들지 않고, 이멋세의 본편이나 외전에 한번이라도 등장한 적 있는 캐릭터를 등장시키려 했습니다.

조연이 아니라 메인으로 쓰이는 오리지널 캐릭터를 등장시

킨 건 처음…… 그래요, 처음이군요……(조연으로는 잡화점 점주, 로리콤 도적단 등이 있지만요)

이멋세는 여러분도 알다시피 캐릭터성이 매우 강한 캐릭터들이 잔뜩 있는 만큼, 그들에게 밀리지 않을 개성을 지닌 캐릭터를 만들어봤는데 어떠셨습니까?

일부러 노린 건 아니지만 더스트의 주위에 모인 여성은 어찌된 영문인지 하나같이 흉부가 조신합니다. 진짜로 노린 게 아닌데, 왜 이렇게 된 걸까요.

자, 5권의 스토리도 조금 다뤄볼까 합니다. 이멋세 본편의 이면에서 더스트 일행이 뭔가를 했다, 라는 건 평소와 같습니다만 사실 이번 이야기는…… 본편 15권과 동일한 시간축에서 전개되고 있습니다.

이것이 무엇을 의미하는지는 다음 권 이후에서 명백하게 밝혀질 예정이니 기대해 주십시오.

그럼 평소와 마찬가지로 신세를 진 분들에게 감사의 말씀을 드릴까 합니다.

아카츠키 나츠메 선생님, 신 캐릭터 투입을 허락해주셔서 감사합니다. 하지만, 아카츠키 선생님께서 반대하신 적은 좀처럼…… 아니, 거의 없군요. 그래서 걱정이 된 나머지, 담당 편집자 님에게 「제발 반대 좀 당하게 해주세요」라고 부탁을 했습니다.

미시마 쿠로네 선생님. 사실 세레나의 외형은 완전 제 취향입니다. 15권에서는 카즈마에게 혼쭐이 나는 일러스트가 참 많아서…… 정말 감사합니다!

유우키 하구레 선생님, 이번에도 아름다운 일러스트를 그려주셔서 감사합니다. 특히 오리지널 캐릭터인 그녀를 이렇게 귀엽게 그려주시다니, 저는 정말 행운아입니다! 소설을 다 쓴 후에 일러스트를 보면 집필을 하며 쌓인 피로가 전부 날아가 버립니다.

스니커문고 편집부 여러분, 담당 편집자이신 M씨, 이 책에 관여해주신 모든 분들, 정말 감사드립니다. 최고의 답례는 재미있는 작품을 쓰는 것이라 생각하기에, 앞으로도 전력을 다하겠습니다!

5권을 구매해주신 독자 여러분에게도 감사드립니다!

앞으로도 잘 부탁드립니다.

히루쿠마

경축! 카즈마 씨
삽화 첫 등장!
더스트와 함께
등장하는 컷을
그릴 수 있어
정말 기뻤습니다.

유우키 하구레

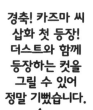

영화 상영이 얼마 남지 않았습니다!
많은 분들에게 사랑받을 수 있는
콘텐츠가 되기를 빌며……
「어리석은 자」 5권, 발매 축하드립니다!

아카츠키 나츠메

어리석은 자 5권 발매 축하드립니다!
이번 권에서도 하구레 선생님이 그린
여자아이들의 귀여움이 대폭발하는군요!
활기찬 느낌의 린도 그려주셔서 감사,
또 감사드립니다!

미시마 쿠로네

안녕하십니까. 근로청년 번역가 이승원입니다.

『저 어리석은 자에게도 각광을!』5권을 구매해주셔서 진심으로 감사드립니다.

2020년 새해가 밝았습니다.

독자 여러분, 새해 복 많이 받으십시오!

제야의 종소리를 각광 5권을 작업하며 맞이할 수 있어 정말 기쁨…… 기…… 기, 기뻐해도 되겠죠?

흑흑, 언제쯤 되어야 저는 여유롭게 새해를 맞이할 수 있으려나요……ㅠㅜ

독자 여러분께서는 가족 혹은 가까운 지인과 함께 즐겁게 새해를 맞이하셨기를 진심으로 빕니다!

그럼 본편에 관한 이야기를 해볼까 합니다.

스포일러가 포함되어 있을 수도 있으니 본편을 읽지 않으신 분들은 유의해주시길!

이번 권은 더스트의 과거와 크게 연관이 있는 신 캐릭터를 통해, 그의 비밀에 다가서는 내용이었습니다.

본편 13~15권 스토리의 이면에서 더스트에게 벌어진 일들을 다루고 있으며, 그 내용의 핵심이 되고 있는 건 신 캐릭터인 페이트포입니다. 본편에서 나오지 않았던 완전 오리지널 캐릭터인 페이트포가 등장하면서 더스트가 숨겨왔던 비밀이 하나둘 폭로되고 맙니다. 지금까지는 심증만 존재했던 것들이 엄연한 사실로 다가오고 있습니다.

그것은 이 각광 시리즈가 본격적으로 스토리의 핵심에 접어들고 있다는 사실을 가리킨다 생각합니다. 어째서 기사의 귀감 그 자체 같던 인물이 저런 인간 말종 쓰레기 양아치 (^^)처럼 변해버린 건지…… 그 부분이 다뤄질 앞으로의 이야기가 벌써부터 궁금합니다!

그럼 이만 줄이겠습니다.

『이멋세』의 스핀오프를 저에게 맡겨주신 L노벨 편집부 여러분. 감사합니다. 새해에도 잘 부탁드립니다.

연말연시에도 일에 치여 사는 불쌍한 역자를 새우 음식점으로 납치한 악우여. 정말 고맙다. 장염 때문에 먹지는 못했지만 그래도 아직 세상이 따뜻하다는 걸 느꼈어…….(ㅠㅜ)

마지막으로 언제나 제게 버팀목이 되어주시는 어머니와 『저 어리석은 자에게도 각광을!』을 읽어주신 모든 분들에게 진심으로 감사드립니다.

문제의 공주님(?)께서 본격 등장하실 『저 어리석은 자에게도 각광을!』 6권의 역자 후기 코너에서 다시 뵙겠습니다!

2020년 1월 초
역자 이승원 올림

저 어리석은 자에게도 각광을! 5
새하얀 용과의 맹약

1판 1쇄 발행 2020년 3월 10일
1판 2쇄 발행 2020년 4월 22일

지은이_ Hirukuma
일러스트_ Hagure Yuuki
원작_ Natsume Akatsuki
캐릭터원안_ Kurone Mishima
옮긴이_ 이승원

발행인_ 신현호
편집부장_ 윤영천
편집진행_ 김기준 · 김승신 · 원현선 · 권세라 · 유재슬
편집디자인_ 양우연
국제업무_ 정아라 · 전은지
관리 · 영업_ 김민원 · 조은걸 · 조인희

펴낸곳_ (주)디앤씨미디어
등록_ 2002년 4월 25일 제20-260호
주소_ 서울시 구로구 디지털로 26길 111 JnK디지털타워 503호
전화_ 02-333-2513(대표)
팩시밀리_ 02-333-2514
이메일_ lnovelpiya@naver.com
L노벨 공식 카페_ http://cafe.naver.com/lnovel11

KONOSUBARASHI SEKAI NI SHUKUFUKU WO! EXTRA ANO OROKAMONO NIMO
KYAKKO WO! Volume 5 SHIROKIRYU TONO MEIYAKU
©Hirukuma, Hagure Yuuki, Natsume Akatsuki, Kurone Mishima 2019
First published in Japan in 2019 by KADOKAWA CORPORATION, Tokyo.
Korean translation rights arranged with KADOKAWA CORPORATION, Tokyo.

ISBN 979-11-278-5464-5 04830
ISBN 979-11-278-4526-1 (세트)

값 7,800원